你是我青春的一道光

演讲与口才杂志社 ◎ 编著

中国财富出版社有限公司

图书在版编目（CIP）数据

你是我青春的一道光 / 演讲与口才杂志社编著. —北京：中国财富出版社有限公司，2023.5

ISBN 978-7-5047-7747-8

Ⅰ.①你… Ⅱ.①演… Ⅲ.①故事-作品集-中国-当代 Ⅳ.I247.8

中国版本图书馆CIP数据核字（2022）第140162号

策划编辑	郭 玥	责任编辑	张红燕 郭 玥	版权编辑	李 洋
责任印制	尚立业	责任校对	张营营	责任发行	杨恩磊

出版发行	中国财富出版社有限公司		
社　　址	北京市丰台区南四环西路188号5区20楼	邮政编码	100070
电　　话	010-52227588 转 2098（发行部）	010-52227588 转 321（总编室）	
	010-52227566（24小时读者服务）	010-52227588 转 305（质检部）	
网　　址	http：//www.cfpress.com.cn	排　版	宝蕾元
经　　销	新华书店	印　刷	宝蕾元仁浩（天津）印刷有限公司
书　　号	ISBN 978-7-5047-7747-8 / I・0345		
开　　本	710mm×1000mm 1/16	版　次	2023年5月第1版
印　　张	14.75	印　次	2023年5月第1次印刷
字　　数	198千字	定　价	48.00元

版权所有・侵权必究・印装差错・负责调换

目录
CONTENTS

第一章 谁的青春不孤独
CHAPTER 1

你是青春不期而遇的温暖	3
花开半夏，如诗如画	8
没有经历生命的淬火，吹不出低沉苍凉的曲调	13
绯色青春里，那一道无法开启的心门	18
每颗星都不曾孤独	23
少年心事终觉浅	28
十七岁的风扇转呀转	34
微信书里暗溢着酸菜鱼的香味	39
那些年的相遇，照亮整个世界	43
愿有萤光，听风过耳	48
海蛎煎味道包裹着味蕾	53
来不及说再见，便各自天涯	58

第二章 CHAPTER 2 谁的青春不迷茫

美丽青春拐了一个弯儿	65
愿做你生命里的向阳花	70
藏在姓名里的笃信与明媚	75
季风吹向大海，到天空之外	80
教室的那一间，花开的那一天	85
你是年少的欢喜，也是余生的四季	90
那个先我一步逃离的少年，你还好吗？	95
手绘鞋知道所有的秘密	100
从此时光荏苒，我只愿他此生无忧	105
我们路过了一场梅花的盛放	110
丢盔卸甲的心，落荒而逃的爱	115
有你的每一个朝夕与四季	119

第三章 CHAPTER 3 谁的青春不悲伤

每个人头上都顶着一片星空	127
一点一滴的光阴，都有温柔照身	132
长成自己喜欢的模样	137
喜欢富士山，便只有让自己走过去	142
不会掩饰的喜欢，一眼就能望到底	148
我是否照亮过你疲惫的青春	153
木星未合月，烟火尽璀璨	159
曾经心里深深浅浅的酸涩，随风而逝	164
十八岁的路口你是否还在	169
谢谢你，让我的青春安全着陆	174

第四章 谁的青春不流泪

CHAPTER 4

桃花未开，和风先至	181
我在时光路口，等候一场星辰	186
夏天长巷里的风，一吹就是好多年	191
你是我年少的一束光	196
我的少女时代	200
你是我一首唱不完的歌	205
她是他青春里的那片海	210
眼角余光遇到你	215
再见，拜托小姐	220
我要以树的形象和你站在一起	225

第一章

谁的青春不孤独

青春的迷惘，成长的困惑
你想要的答案都在这里

解码青春期 ── 解答青春期情感迷惘

解决你成长中的烦恼 ── **心理健康课**

趣味小测试 ── 你的性格是哪种颜色

畅聊青春期酸甜苦辣 ── **快乐聊天室**

扫码解锁

你是青春不期而遇的温暖

陈艳丽

一、无畏孤单，因为这世上，肯定有一个人，正努力地走向你

读高一的时候，在新组建的合作互助学习小组里，江意风就坐在我旁边。起初我们很少交流，每次见面都只是礼貌性地点点头。因为他晚自习不是在埋头睡觉，就是将闲书藏在课桌下偷看，然后在离放学还有10分钟左右时，意识到自己还有作业没有完成，于是就开启"抄作业"模式。那时候，我觉得身边的这个男生，身上没有一点令我喜欢的地方。

只是没想到，因为宫崎骏的电影，我和江意风越走越近。

周日，学校放假，我在微信上查到电影院下午3点会放映《龙猫》，我赶忙在网上购好票，吃过午饭，下午2点30分出门赶往电影院。记得当时路上有微风携着阵阵清香扑面而来，我满面春风踏入影院。找到座位之后，我尽情欣赏屏幕上干净的电影画面，影片中一句台词触动了我："无畏孤单，因为这个世界上，肯定有一个人，正努力地走向你。"我一声叹气，不经意间侧过脸，发现旁边坐着的家伙，居然是江意风……

从此以后，我们一起省下饭钱和零花钱，购买了一大堆宫崎骏的漫画书，有时也一起翘课去看宫崎骏的电影，在纯净、细腻的画面里放松我们因高中学业生活紧张的神经，我们每天在精美的笔记本里画上一幅自以为还不错的漫画，再记上一两句经典语录。我和江意风就这样一天天变得熟络起来，我们之间有了更多的共同话题……有了江意风的陪伴，我的温柔动漫梦从此不再孤单。

二、别害怕，我跟你是同一边的

转眼到了高二，又是一年一度的运动会。江意风告诉我，他之所以很少开口说话，其实是有交流障碍，因为儿时在家被母亲当成小女孩养育，导致长大后与人对视就会紧张到口渴，严重起来甚至会呕吐。

"哦，难怪你在上课时也不跟老师对视。"我恍然大悟，然后咧嘴一笑，拍拍他的肩膀用宫崎骏电影里的经典台词安慰他："别害怕，我跟你是同一边的。"毕竟，我是他在班里交流最多的同学，所以安慰和鼓励他，是我应该做的事情，江意风也没客气，马上郑重其事地点点头。

在这一次的校运动会上，江意风在开幕式上要表演节目。他是开场舞的领舞者，他又高又瘦，穿着一身白色古装，束着红腰带，腰间挂着一枚碧绿玉佩，戴着及腰的假发，发髻上还系着一条红色发带，明明就是一副温润如玉的公子模样，像极了《香蜜沉沉烬如霜》里罗云熙饰演的润玉。我坐在台下都看呆了，聚光灯都打在他身上，空气中的悬浮物随着他的动作而舞蹈。他与平常判若两人，就如仙人下凡一般的存在！我的脑海里猛然跳出一句话："陌上人如玉，公子世无双。"

结果，江意风的表演艳惊四座，轰动全校，节目结束之后他被一批"粉丝"团团围住，我看到江意风眼里充满恐慌和不安，也顾不得心中酸酸的感觉，低头冲进人群大喊："麻烦让一下，老师让江意风回去上课了，大家让一下哈。"

我麻利地在人群里扒开一条缝，拉住江意风的手就跑，直到喧闹声消失了才肯停下来。那时，江意风在我耳边说："我就知道你会来救我。"一抬头，我迎上他清澈的目光，一时之间我只觉得周围是暗淡的，只我们这一处干净又明亮，他的语调那么温柔，多么像哈尔。江意风又伸出右手，轻轻地放在我的头顶上，揉了揉我的头，我感受着他手腕处传来的温度，脸就像熟透了的水蜜桃一般！

三、世界上最美妙的事，不过是你喜欢他，而他也喜欢你

很快，时间到了高二第二学期的期末，在这段紧张又忙碌的日子里，我只要侧过脸，看到江意风，心里就会莫名觉得很温暖，内心也会再次充满力量和斗志。

期末考前的某个晚自习，江意风在路过我的座位时，塞给我一张纸条，我展开一看，上面写着一行字：期末考结束之后，我们在校门口见最后一面。我不解，眨巴着眼睛低声问："最后一面？"他愣了愣，然后就笑了："是放假前的最后一面。"

考试结束之后，我收拾好书包急匆匆跑到校门口。江意风站在高大的榕树下，手推着单车，见到我就一个劲地傻笑，然后递给我一个漂亮的粉蓝色纸飞机，还没等我开口，他就骑上自行车一阵风似的走了，风把他的校衣吹得鼓鼓的，树上的蝉也叫个不停。

回到家，我打开那个粉蓝色的纸飞机，上面写着"我喜欢你"。看得出来每一个字，他都写得极其认真，我拿着粉蓝色的纸张，嘴角忍不住上扬，并清晰地听到了自己快乐的心跳声。那一天，我在日记本上写下了一句话："世界上最美妙的事，不过是你喜欢他，而他也喜欢你。"

整个暑假，我们除了网上聊天，也频繁地相约去图书馆，我尽量帮

他克服交流障碍，鼓励他多与人沟通，虽然他有时紧张得满头大汗，但每一次都有进步，在那一段时间里，空气中满是甜甜的味道……

四、年少时的执拗和任性，就像龙卷风

高三开学，我们重新换了座位，可依然频繁地传递纸条，偶尔相约一起上下学。江意风跟班里的男生关系越来越融洽，女生也不再觉得他难以接近，他偶尔还能讲几个笑话，也能与人对视了。

很快就迎来一模考试，成绩发下来，我的成绩大幅度下降，被班主任老肖叫到办公室批评："都高三了，心思不用在学习上，你到底是怎么想的？"

是啊，我是怎么想的？我该怎么办呢？

从此以后，我有意避开江意风，他几次三番追问我："是不是发生了什么事情？"我强忍住心中的痛，扭头就走，睡前才会躲在被窝里痛哭一场。

年少时的执拗和任性，就像龙卷风，没有什么理由和征兆，却又来势汹汹。

我不解释，我赌他会理解我。但是，随着高考来临，我和他之间渐行渐远，我们虽身处在一间教室里，却像两个世界里的人，彼此之间几乎是零交流。

五、一场邂逅，其实就足够美丽

终于，高考结束，我们分别考上不同城市的大学。那一段青涩的感情，就这样消失在了和青春一起呼啸而过的疾风中，最后在天空中的白

色云层上画了一个无法言说的句号！

　　这大约就是初恋最好的结局。我感激在纯真的青春年华里，曾经邂逅过那么温暖的江意风，哪怕最后没有走到一起，现在想起他时，我依然怀念那一份滚烫而又美好的情感。分别不是终点，彼此铭记就已足够，人生有些时候，一场邂逅，就足够美丽。

花开半夏，如诗如画

小晓样儿

一

我的高中的生活开始了。开学第一天，小城的上空，晴空万里。在我家社区门口，晴宇穿着十分合体的蓝白相间的校服，他在等我。今天的他看上去挺高兴，我在小区门口看到他时，他正向打扫社区卫生的阿姨展示着他的脚踏车转圈技艺，看到我，他手托额头，居然背诵出一句校训："广一中，励志笃学，没有借口，没有不可能。"

打扫卫生的阿姨乐了，差点被一边的红色垃圾桶绊倒。晴宇趁着阿姨惊慌之际快速地做了个鬼脸，然后溜到我面前对我说："夏夕，你的《蒲公英》在市报上发表了，恭喜恭喜啊。"

那是我寒假写的一首小诗《蒲公英》，虽然只有那么几行，但能发表令我心情激动不已，晴宇看起来似乎比我更高兴。

《蒲公英》写的是我儿时在老家美好的记忆，那时没有玩具没有书籍，奶奶便在路边拔回很多蒲公英，教我鼓着腮帮子一朵朵吹，看着它们的白色"绒毛"四散地飞向天空，小小的我兴奋不已。长大后，这个场景一直在我的脑海里挥之不去。

还记得，已上大一的好友查小欣对我说过："上大学后，你必须要有一门特长，不然进不了团体，拿不到学分。"我不知道爱好文学算不算一门特长。而晴宇是个有着很多特长的好少年，是一心恋着查小欣的少年。虽然查小欣和晴宇青梅竹马一起长大，但实际上查小欣比晴宇大三岁，所以先一步上了大学。每次放假，查小欣就会给我们讲大学里的事，算是过来人传授经验了。

二

彼时，晴宇高二，我高一，他漫画画得好，口才也很棒，在市里举办的演讲比赛中获得过奖项，各种船模做得也不错，他的理想是做一个有着自己船队的船长。

虽同在一个学校，但我们最初不认识。和晴宇的初次相遇，是在老家的旧巷子里，那一处巷子很安静，每到九月，都有桂花漫天漫地开成一片，簇成细碎繁华的一片黄或白，风过，是浓且醉的桂花香。旧巷人家间或有绿色吊兰垂下细细长长的茎叶，被经过的风摇呀摇，摇出一夏好梦。

晴宇绝对是和清风赛跑的少年，我是匆匆路过的少女，我们的脚踏车在寂静的老巷子里相撞，发出不小的声响，我惊叫着倒在地上，晴宇顾不上放好车直接奔向我，我一抬眼，便看到他温暖的双眼，闻到他青草般的气息，脸立刻涨得通红。我伤了膝盖，所幸只是皮外伤。社区就医条件有限，晴宇坚持陪我去了5公里以外的卫生所包扎，并且在我每天去卫生所换药时管接管送。

换药时，晴宇是载着羞涩少女在我家与卫生所之间骑行的自行车少年。他有一部MP3，耳机我一只他一只，我们一起听《花开半夏》："花开半夏，如诗如画，蒲公英，随风海角天涯……"那时，他那蓝白格子衬衫飞扬起来，总是飘向我，我总觉得，正有什么东西在我心里慢慢地酝酿。

三

转眼，晴宇升高三，我升高二，他的成绩名列前茅，是老师和家长的希望，他为了冲向查小欣所在的武汉大学，实现与青梅竹马相约在樱花树下的浪漫誓言，不断努力奋战。

我的成绩却忽上忽下，爸妈通过多方面了解，积极跟老师沟通后，觉得我的成绩有很大的上升空间，高二赶赶还来得及，给我报了各种补习班，我开始频繁地游走在各种补习班之间。

我们都在忙碌地学习，晴宇好久不来楼下等我上学了，我们之间的见面少之又少，却很有默契地彼此间不再过问，交流几乎为零。

只是，总有好奇的同学打趣问我："你的晴宇哪里去了？"我的脸便又不由自主地似火烧云一般。

晴宇终于如愿考入了查小欣所在的武大。我却一直记着，和晴宇在一起的那些如风般潇洒的日子。即使在高三时，面对堆积如山的复习资料，在清晨一边打瞌睡一边拼命记英语单词记数学公式时，我也会时时回想起那段美好的日子。但一想到也许晴宇和查小欣正幸福地相拥在武大樱花树下，我就忍不住一阵心酸。

有一次，我接到晴宇的电话："夏夕，高考要加油，来武汉，等你。"

我情不自禁地问："谁等我？"

他依然调皮："我不等你谁等你？"

我放下电话后，有泪从眼眶里漫出来。爸爸妈妈以为我是高考压力大，一再劝慰我，不必紧张，尽力就好，成绩如何并不重要！

我何尝不想考入晴宇所在的武大，但又害怕去面对他佳人在怀的画面。

于是，我拼命复习，用尽所有力气，考取了南京大学，不为别的，只为南京有老家一样的旧巷和安静的气息。

四

再次回到老家是大二暑假，又是那样一个炎炎夏日，天空又蓝又暖，旧巷里有我最青涩的青春记忆。

风从什么地方吹过来，调皮地把我的头发吹乱，又迅速逃开。树叶随风而动，发出"沙沙"的声音，风儿这样热烈，树叶也欢欣起来，肆意张扬着，仿佛要随风而去。

查小欣就在这时出现在我的视线里，我四下寻找，没有晴宇！查小欣一袭白裙，我静静听完她说的话，感觉心脏某个地方一下子躁动起来，久久无法平静。我一直喜欢她的果断、直接，她在那里，站成风中一株白玫瑰，一个人在那里自如盛放，姿态优美，忧伤也明媚。

我听到她说："我就是来告诉你，我和晴宇没有在一起，因为他最念念不忘的女孩儿，是你——夏夕。"

五

听完查小欣的话，我突然想起我小时候喜欢发呆，看什么都新鲜，云彩会动，变幻莫测的，看上去又都那么干净。

恍惚间，那首《花开半夏》又飘了过来："……花瓣雨落下是我们的嫁纱，花恋花花醉花花非花，那花前月下说过的那些情话，是童话是神话……"

又记起那年夏天常常做的一个梦：坐在晴宇的自行车上，我乌黑飘逸的长发与晴宇的蓝白格子衬衣融在一起。无比清新的香味，在空中肆意飘散。

　　我仿佛回到了那个暖和的日子，天空蔚蓝，云朵洁白，我再一次眯起眼睛，看到——阳光正洒满每个角落，晴宇的脸俯下来，他说话时声音悦耳，目光清澈……

没有经历生命的淬火，吹不出低沉苍凉的曲调

✎ 麦淇琳

一

凤凰花渐渐凋落的时候，苏小草刷微博时看到一句话：我们每个人都有一个隐秘的音乐家，在我们起舞时，他会为我们伴奏。这音乐，有着独特的节奏，只有我们自己能听到。

在班级里，苏小草就像一株孤零零的芦苇，她有耳疾，任何声音到她耳朵里都打了折扣。有时候，苏小草看着同学们的嘴巴一张一合，还要通过读唇语来辅助识别对方说话内容。

"要不，还是戴助听器吧？"妈妈小心翼翼地提议。苏小草皱着眉，尽管医生说了，她这种情况，戴上助听器就跟普通人没有两样。

但苏小草除了不想被别人区别对待，还有少女的爱美之心，所以每次听到"助听器"三个字，她就把自己关在房间里装成稻草人，妈妈也拿她没有办法。

当然，这些都发生在林风送她陶笛之前。

二

苏小草第一次遇见林风是在秋天的开学季。

那天课间，同学们在操场上打闹，苏小草在一棵凤凰树下发呆。风一吹，凤凰羽叶盈盈舞动，苏小草捡了片绿色羽叶，夹在课本中，抬头看见了林风。

林风露出笑容，问她："同学，请问教导处往哪边走？"

苏小草睁大眼睛，看见他的嘴唇一张一合，便指了指教导处的方向。

第二天，苏小草才发现林风是转学来班上的新同学，说实话，从他的衣着谈吐，没有人能看得出他是从小地方来的。特别是张老师说他曾经获得全国青少年陶笛比赛的亚军，全班四十几双眼睛齐刷刷地盯着林风，嘴里都发出"太帅了"的赞叹声。

林风在众人的一阵赞叹声中落座，张老师接着宣布了一个爆炸性新闻，苏小草是新的英语课代表。"她有耳疾，怎么当课代表啊？""英语课代表要负责考大家的口语，难道让我们每个人用乌龟的速度朗读给她听吗？"

同学们的质疑声像炸雷一样，震在苏小草的心上。苏小草不禁皱眉，这下完了，英语是她最头疼的科目，她全身细胞都在拒绝当英语课代表这件事。

三

下课后，苏小草直接找了张老师，说自己英语学得不好，强烈要求换个英语课代表。张老师上下打量着苏小草，嘿嘿地笑了，他慢悠悠地说："你要相信自己可以克服一切困难。"

一周下来，林风在班级里受欢迎的程度有增无减。下课后，苏小草走到校门口，她懊恼地想，真是怕什么来什么。

"厉害呀，英语课代表。"

突如其来的声音从脑后传来，林风从苏小草身后冒出来，向来独来独往的苏小草白了他一眼，说："别拿我开玩笑了，你不知道，我天生就比别人慢半拍，怎能胜任这个工作？"

林风掏出一支闪着玛瑙一样色泽的陶笛，对她说："从陶土到陶笛的过程中，若没有经历生命的淬火，就吹不出低沉苍凉的曲调，我相信你一定有办法成为称职的英语课代表。"

四

"你说谁？"苏小草问。林风说："你白痴啊，当然是你呀！"

"可是……"苏小草跟在后面说，"这是两回事，我的耳朵不好使，根本就力不从心啊。"林风弹了一下她的脑门，说了一句很有哲理的话："就算我们是乌龟，只要我们一直在奔跑，谁又能说我们看不到远方美丽的风景呢？"

看到苏小草茫然的样子，林风把那支陶笛送给她，说："要不我们来个约定，等你能听到清晰的声音，我就吹陶笛给你听。"

苏小草手中感受到陶笛的余温，木讷问道："你刚刚说我们？"林风淡淡地说："我吹陶笛是万年老二，所以我也是跑得慢的乌龟，我们都是一样的。"

那一刻，苏小草忍不住偷偷观察林风，想不到他俩之间还会有可比性，她在心里说着，加油吧，跑得慢的乌龟！

五

晚上做完作业，苏小草触摸那个闪着玛瑙色泽的陶笛，心中忽然升起一种愿望，她想听听陶笛的声音。

"小草，喝牛奶了。"妈妈推开门走到她身边，放下一杯热牛奶时，眼神扫过她手中的陶笛。苏小草立刻把双手背在身后，破天荒地问起了助听器的事情，最后她鼓起勇气说："妈妈，我想尽快戴上助听器。"

"真的！你不再觉得戴助听器很丑吗？"妈妈惊喜地看着她。

苏小草说："我很后悔没有早点儿听妈妈的话，以后我会真心接受自己的不完美，不管是戴助听器还是当英语课代表，我都要勇敢面对。"

妈妈听着笑了，直说："这样真好。"

六

一周后，戴上助听器的苏小草终于领会到，当我们开始起舞，生命里隐秘的音乐家会为我们伴奏。以前，苏小草总是一个人坐在教室的角落，极少说话，不跟同学互动。

现在，她耳朵里的声音变得流畅清晰，她的反应不再迟钝了，也愿意帮助同学，老师说到她时也满满是夸奖。离期末考试只剩一周了，林风却变成了班里的迟到大王和早退大王，他给张老师解释的原因都很奇葩，不是说家里的猪病了，就是说他要准时回去给弟弟做饭。

"我看，不是你家的猪病了，是你病了吧，你看你最近都胖成猪了。"

眼尖的男生发现林风好像一瞬间变胖了，苏小草也感到好奇，便问他："林风，你的体重是怎么回事……"

林风笑着敷衍："没事，最近我吃多了，我是个天生的吃货啊！"那天之后，林风干脆不来上学了，很长一段时间，他的位置上都是空荡荡的。

七

期末考试结束后，正是凤凰花季，花朵开得如火如荼，苏小草不禁在想，那个喜欢在凤凰树下吹陶笛的林风哪儿去了呢？

放假了，苏小草依然在认真补习英语，会听妈妈絮絮叨叨叫她劳逸结合，她会去大街上看风景，会到街尾喂流浪猫。

只是，偶尔想起林风，她不知道下学期他还能不能回到班里来，自己能不能真正听到林风吹陶笛呢？直到开学后的一天，在校园的凤凰树下，林风又一次站在她的面前。

"林风，这几个月你去哪里了，我们都以为你转学了呢！"苏小草惊喜极了，急切地询问道。林风踢着脚下的草，笑着说："因为我听到你骂我的声音，所以我回来实现承诺了。"

八

夕阳的余晖中，苏小草眯了眼看林风的眼睛，想分辨出他的话是真是假。

林风轻轻地弹了一下苏小草的额头，说："前段时间，我弟弟生了重病，虽然我和他配型成功了，但医生说我体重不达标，所以我一直在为捐献干细胞做准备。现在，弟弟的身体慢慢好转，我自然要回来了。"

林风不再理会她，一首接一首吹着陶笛。清风徐来，拨动着头顶上的凤凰羽叶。

绯色青春里，那一道无法开启的心门

陈艳丽

一

方夏夏是在尴尬中，遇见了少年魏亦恺。

那是在高二下学期，五月的校园里，树木长得郁郁葱葱，空气中有好闻的草木清香。班主任让方夏夏主持"我们的节日·端午"校园主题活动，她如往常一样备好台词，在赶往后台化妆的途中，听到几个女生在议论："这就是高二的方夏夏吗？""天啊，曾经的班花，现在长这么壮，看背影像个男人！""是啊是啊，听说以前还挺好看，现在丑成这样……"

什么叫如坠深渊，方夏夏不懂，但那一刻她觉得眼前的世界都是黑白的，她甚至听见了心底有什么东西"啪"一下裂开了。她们说的都是事实，她在去年暑假开始长胖，在那之前她是闪亮美少女，不仅能歌善舞、成绩优秀，而且周身都散发着自信的光芒。但在开学时，她发现自己胖到塞不进校服了，这才意识到问题的严重性。

她上台按流程把节目主持完，结束后独自蹲在学校的花坛旁，一边不停掉眼泪，一边用树枝在地上画笑脸鼓励自己。

魏亦恺就是在那个时候出现的。穿着校服外套的少年，就那样笔直地站在她面前，眼神真诚地给她递过来一包纸巾，说："方夏夏，你今天节目主持得很好！"

方夏夏抬头看向他，只觉他周身散发着光芒，她清楚地记得，那天的天空是蔚蓝色，有胖胖的云朵半天翻不过来笨重的身体，有鸟儿的欢唱仿佛是天籁。过了很多天，方夏夏想起来还是觉得很温暖，她总也忘不掉那样美的画面。

方夏夏青春里的喜欢，大概就从那个时候开始了。

二

那天以后，她会在人群中刻意寻找魏亦恺的身影，然后在日记里记下他的喜好、日常和穿着。

她知道他是邻班的同学，他喜欢穿黑色休闲服；她知道魏亦恺是"校园说"辩论队队长，站在台上辩论时很帅；她知道"校园说"最新一期的辩题是："夸夸群好还是喷喷群好？"她还知道学校里喜欢他的女生很多。她只是其中一个，还是最自卑的那一个。

毕竟，方夏夏变成了方胖胖。哪怕她成绩优异，拿回许多奖项，但"胖"还是把她从云端拉下来，直接坠入尘埃。无论是上课回答问题，还是去食堂打饭，大家的焦点都放在她突变的体型上，她为此又委屈又自卑还无奈。

有一次，班上玩猜词游戏，一位对她表达过好感的男生，甚至指着她让对方猜，对方意会，作恍然大悟状说："胖妞？胖墩？"

猜到第二个时，男生猛点头并伸出大拇指，表示猜对了。

那一刻，全班同学发出轻轻的笑声，班主任也忍不住捂住嘴。方夏夏握笔的右手指尖如同突然被烫伤，幻觉中的这阵痛直击心底，她强忍不堪，当作什么也没发生。

放学后，方夏夏又到花坛后面，一边哭泣，一边捡起树枝画笑脸，同时在心里说："方夏夏，不哭，要笑。"但眼泪不断往下落，打湿了手，落在笑脸上。方夏夏在抽噎时，魏亦恺又出现了，他依然递给她纸巾，说："方夏夏，你是我们学校唱歌最好听的女孩。"

但自从她变胖，她再也没有在学校的舞台上唱过歌……

方夏夏面对魏亦恺的再次出现，既惶恐不安又满心欢喜。只是明明喜欢，还是要把这个秘密埋藏，变成胖子的方夏夏，因为自我厌恶和自我怀疑，没了喜欢的勇气。

三

高三上学期，她继续关注他的一举一动，在夜深人静时一次次写他的名字——魏亦恺。她觉得这个名字的一笔一画，都很好。

几乎在每个课间休息时，她都会站在三楼的窗口，看风吹树叶动，看树下那条长长的石子路，魏亦恺时常路过那里，也会看着她微笑。

她和他顺其自然地熟悉起来，方夏夏成了大家口中的"魏亦恺身边的胖女孩"，不会有人认为魏亦恺会喜欢这个胖女孩，连方夏夏自己也否认了这种想法。有时方夏夏也会歪着脑袋想很久，她想魏亦恺对自己到底是哪一种感情？有可能是因为看到过她最狼狈的样子，所以同情她？抑或他真的对自己有那么一点点的喜欢？但是，当她在照镜子时，看到镜子里圆圆的、肉肉的自己时，便否认了他喜欢自己的可能性。

四

突然有一天，同桌好友唐小菲对方夏夏说："我喜欢魏亦恺，他会喜欢我吗？"方夏夏尽量做到面不改色，校服口袋里的手却握紧了，手心里都是汗。

唐小菲央求她送一封信给魏亦恺。终于，她鼓足勇气，赌上一颗惶恐的心，在唐小菲的信里，夹了一封她写的信。

趁课间休息，去邻班找到魏亦恺，在走廊上，当她把那封信递给他时，心都要从嗓子眼里蹦出来了。这样灰头土脸、胖成球的她，他会喜欢吗？

递给他之后，她以最快的速度跑开了。纵然高三是要拼体力和精力的特殊时期，但她决定再艰难，也要减肥成功，她在心中暗下决心："我要减肥，我要变漂亮。"

五

第二天，她又变成了一个笑话。学校公告栏里贴着她写给魏亦恺的那一封信，这一封信成了全校老师和学生的最新话题。

方夏夏青春里最初的暗恋，就此结束了。

幸运的是，信没有署名，于是她也可以混在看热闹的同学们当中，指责那个没有自知之明的暗恋者，她同女生们一起，响亮地骂那个人，大有看笑话不嫌事大的感觉。

晚上在食堂吃饭，魏亦恺来找她时，她正骂得起劲："痴心妄想，居然喜欢魏亦恺？天啊！"

"方夏夏。"魏亦恺叫着她的名字，彼时夕阳天，红霞铺满地，他带着她走进了那条她遥望过无数次的、长长的石子路。魏亦恺说："那封信是你写的吗？对不起，那天你跑太快，信掉在地上，被副校长捡起来了……"

方夏夏的眼睛模糊了,她看着自己肥大的运动裤下移动的双脚,她不能说:"魏亦恺,我喜欢你"。更不能说:"唐小菲也写了表白信给你。"最后,只能在他迷惑不解的注视下落荒而逃。

方夏夏曾是一只白天鹅,也曾美丽,这一点她自己也忘了。自卑令人胆怯,只好隐藏喜欢。

六

很快到了高三下学期,大家都在努力备考。方夏夏不敢放松,她将所有的心思收回,放在学习上,她不能再溃败了。

在一次次的模拟考试中,她和魏亦恺的成绩都稳定在前三名。

后来,高考成绩出来,她和他不负众望,都以优异的成绩考入理想大学。

再后来,方夏夏瘦身成功,变得亭亭玉立,又有不少人喜欢她。那些她在悲伤日子里,渴望了很久的光环,那时没得到,如今也不想要了,就像走过一道无法开启的心门。

在青春最灰暗的时光里,也许会遇见喜欢的人,但因某些原因无法言明。说不出口,只好安放在回忆里的一角。然而,在寂静的夜里总是会想起,在那绯色的青春年华里,曾经遇见一个温暖的少年。

每颗星都不曾孤独

毕桂涛

一

徐露从小就习惯了单独行事,一个人坐车,一个人上下学,一个人吃午饭,一个人躲在操场的角落里静静地和自己下五子棋。那时候的徐露认为,仅仅凭借自己的力量就可以周游世界,成为一个来去自由的女汉子,与国外小说中所写的"独立女孩"一样,小小年纪就充满勇气,什么情况都不害怕。

徐露的脑海里总是这样想,现实中却是另外一种状况。她天生胆小,性格内向,一直不愿与别人主动交流,甚至说话时不经意间就会面红耳赤。所以,对外界充满排斥的徐露常常感到孤独,像在无尽的黑夜中急切等待着黎明的出现,但始终没有看到丝毫的微光。

幸运的是,即便是这样封闭且无趣的生活,还是会有人愿意越过栅栏翻进来。现在想来,徐露还真是有些难以置信——纪南阳为什么偏偏闯进了我的世界?我是上辈子做了什么善事,才会遇到他?

二

在遇到纪南阳之前,徐露是一条深海里的游鱼,经常漫无目的地寻觅食物，而深邃的海底只有无尽的黑暗；在遇到纪南阳之后，徐露是一头跃出海面的蓝鲸，愿意骄傲地在平静的海面上巡视，也愿意拥抱深海里的每一条鱼。

因为妈妈的工作，徐露被迫转学了两次。对于像徐露这样内向的女生来说，每一次转学都像一枚尖锐的钉子，深深地扎进她的手心，只要用手拿东西，就会情不自禁地想起那些伤口带来的疼痛。

可是，悲伤的故事总会有转机，有的转机是你连做梦都想不到的。纪南阳的转学路径，竟然鬼使神差地和徐露的重合了。这样戏剧性的事情，在徐露的成长过程中，却真真实实地发生了。小学四年级时，徐露和纪南阳同时转学到当地的私立小学；初二时，徐露辗转来到北京，进入一所管理严格的私立中学，不承想一年后纪南阳也来了北京，还意外地转进了徐露的班里。

三

那个早晨，温暖的阳光如往常一样攀上三楼，透过明亮的玻璃窗洒在徐露身上，徐露半闭着眼沐浴在日光里，几乎快要昏昏睡去。

"今天我们班里来了一位新同学，请他自我介绍一下。"老师提高音量向大家宣布这个好消息。"大家好，我是纪南阳……"纪南阳？多么熟悉的声音，多么熟悉的名字！徐露立刻从蒙眬的困意中打起精神。等徐露定睛一看，原来真的是她所认识的纪南阳，并不是听错了名字和声音。

纪南阳是第一个愿意真正走进她生活的人。徐露和纪南阳是在上小学四年级后才认识的，因为性格相似，所以很快便成了好朋友。小学生的世界很奇妙，只要两个人有相似的爱好和性格，就可以抱作一团，然后疯狂地给对方加油鼓气，而这也恰恰是使徐露改变的原因之一。

从那以后，徐露和纪南阳有时一起坐在大树下吃冰激凌，谈论着商店里新出的汽水；有时一起完成老师布置的合作画图作业，满手沾染上杂乱的色彩；有时也会一前一后追赶在校园的走廊里，爽朗的笑声穿过教室，引来教导主任的一阵臭骂……徐露已经记不清还有多少回忆，可以串联起与这个少年的美好时光，但他确实像一道突如其来的闪电，径直地闯进了风雨交加的夜晚。

<h2 style="text-align:center">四</h2>

正当老师给纪南阳安排座位时，徐露自告奋勇地向老师举手示意："老师，他可以坐我后面！"徐露？纪南阳瞪大的眼睛里，分明冒出了一个大大的问号。两个人在异地再次重逢，实属不易。更何况，两次转学的缘故，徐露在偌大的校园里也就只有纪南阳一个熟悉的人。

在周五放学前，初三模考的成绩赫然张贴在教学楼前的宣传栏。名单上密密麻麻的名字和分数，惹得驻足查看的同学"几家欢喜几家愁"。徐露站在人群的外围，踮起脚尖向里张望，一边急切地幻想着自己可以比上次有所进步，一边又希望可以晚一点知道考试结果。

纪南阳站在徐露的身后，一探头便在成绩单的前几位找到了自己的名字，而徐露的名字却躲在宣传栏的边缘地带——她较上次高两分，却退步一名，可以算作原地踏步吧。倔强的徐露还是挤进了拥挤的人群，一遍遍地在榜单上搜寻着，最后还是在别人的帮助下才看到自己的名字。而当直面自己排名的时候，徐露眼睛里的光黯淡了，像是一颗陨落的流星。

"你和上次相比，还提高了两分呢，你已经超越自己啦！"纪南阳看到从人群中出来的徐露，立即迎了上去。"嗯。"徐露并没有抬头看向他，只是闷闷地回应了一声，而后从纪南阳的身边走过。当徐露走上第八级台阶的时候，她突然回头挤出一点点笑容，说："要不……你抽空教教我吧！"纪南阳站在原地，看着徐露，也莫名地笑了起来。

五

突如其来的情绪往往如决堤的洪水般，一发不可收拾。面对着努力未果的成绩，徐露逐渐感到心烦意乱，她将这一切归咎于妈妈的关心太少以及多次转学的难以适应，也深深责备起自己的性格内向和多愁善感。

有一天，徐露约了纪南阳在滨河公园见面。郁郁寡欢的徐露早早就到了公园，围着小路转了几圈之后，索性坐在了河畔的草坪上。柔柔的风儿吹过河面，水面上漾起泛着粼粼金光的涟漪，不时惊起远处停歇喝水的鸟雀。徐露给纪南阳发了一条图片消息，内容是此时河面的波光，以及明媚的午后阳光。

纪南阳来的时候，徐露正躺在草地上看书。他没有打扰徐露，也静静地躺下来，闭着眼听起了音乐。徐露早就知道纪南阳已经来了，只是不愿意讲话，兀自拿着一本书作为遮挡。

"如果努力都没有结果，为什么还要坚持？"徐露幽幽地问。

"那不坚持到底，又怎么能轻易下结论呢？"纪南阳脱口而出。

几秒之后，纪南阳轻轻地将一只耳机塞进徐露的左耳，里面传来邓紫棋那浅浅的歌声，像新割的青草一样，带着清新的气息。他们只记得，那天的音乐单曲循环了一下午，谁都没有说话，因为谁也不想让这首歌就此结束。

　　在那些寂寂无声的青春时光里，我们都是这样长大的，没有掌声，没有鲜花，也没有香甜的糖果，但总会有人愿意在你看不到的地方默默地陪伴你，一如静谧深邃的夜幕中繁星漫天，闪烁的星子无聊时就会互相眨眼示意，所以每颗星都不曾孤独。我们也同样如此。

解码青春期
心理健康课
趣味小测试
快乐聊天室

扫码获取

少年心事终觉浅

✒ 子　非

一

叶浅是个沉默的女孩，每天穿着宽大的校服，埋首在教室最不起眼的角落，对班级活动不热情，普通的成绩也得不到老师一句评语。

孤独是一个可怕的字眼，习惯了孤独也容易被孤立。

碧玉年华的女孩，眼里冷冷清清无悲无喜，无怪乎班里淘气的男生会以逼她变脸为乐：起绰号，乱传作业本，扔粉笔头，水杯里放盐巴……凡是能想到的戏弄人的把戏都试了个遍。

于是，她只好将心事写下来，说给星星听。星星有另外一个名字：校园广播站。

无数个夜里，她也想过最坏不过是转校。未来是模糊的，她并不抱有期待。只是……

手中的信捏了又捏，她终于鼓起勇气打开。千篇一律的字眼，公式化的语气，只是今天这封信却多了一行字："你其实很有天分，故事越来越有意思了，希望很快能读到你的稿子，加油！"

落款龙飞凤舞地写着"沈煜"两个大字。

心跳，兀自乱了节拍。叶浅撑起侧脸，窗外漫卷的层云依稀散开，就连那暗沉的天空都慢慢生出了些许光亮来。

二

夏日的风多了些许闷热，叶浅打扫好教室时，西边天空已经染上了淡淡的墨晕。她颇有些吃力地拖着垃圾往外走，不时伸手去擦额际的碎汗。

"是你？"带着三分疑惑的声音打断了她神游天际的思绪。叶浅抬头，蓦然对上了一双琥珀色的眸子——穿白衬衣的少年，眉眼间含着三分笑意，一副干净美好的模样。

是沈煜，很多女生偷偷喜欢的男生，高她一届的学长。也是第一个对她伸出手来的人。

愣神间，沈煜已经接过了她手中的垃圾袋。"我帮你吧。"他扬了扬眉，"叶浅，距离上次投稿已经半个月了，最近怎么没见到你的新作品？"

像是有把火在心头烧，她诧异地听到自己的名字准确无误地从他口中说了出来，那样好听的声音，使这个黄昏都多了几分美丽。

"啊……哦，嗯呢……"她局促地拉扯校服口袋，低下头来，耳根染上红晕。

"叶浅，怎么每次见你都是这样的苦恼模样？"

夕阳落下了一道微茫的红光，她僵在原地。

沈煜又说："你应该再开朗些，爱笑的女孩才会更漂亮……"

心，陡然变得涩涩的。

"啊喂，你别哭啊！"

沈煜的眼里顿时多了几分慌乱。这话不说还好，一说出来，她心中所有的悲伤倒好像找到了宣泄口。

她颤抖着，啜泣着。寂静的校园，树叶沙沙落下。

沈煜眼底有些许无奈，好脾气地拍拍她的肩膀。好久好久，待到哭够了，她才慌然惊觉自己到底有多失态，脸红通通的。她不敢抬头看他。

这样狼狈的自己，这样蠢笨的自己……

沈煜"扑哧"一声笑出来："我知道最近要期末考了，只是压力再大也别哭鼻子，也不是小孩儿了。你有什么弄不懂的问题可以放学后去找我啊。"

这样自然的话语，体贴地为她找好了借口，一如当初她满脸落寞，他只淡淡地露出一个微笑。有时候，沉默与不追问是最大的尊重。

"谢……谢谢你。"她几近结巴地开口，心跳太快，想说的话太多，却又终究不知如何开口。

"嗯，太晚了，你该回家了。"

落日残红，胭脂色的云霞挥洒着迷离的光晕。她站在原地，望着他的身影渐渐消失。

"我会继续写下去的。"她用尽了所有力气大喊一声。整个人都好像要飞起来。

她的心灵客栈，终于迎来了第一位客人。

三

没有人知道叶浅是从什么时候变得斗志昂扬的，就像没有人知道她是从什么时候开始有了灿烂的微笑。她和自卑懦弱抗争，和自我抗争。

蝉鸣弥漫的季节，她将自己关在房间里学习。波光粼粼的小溪旁，她对着夕阳练习微笑。耳麦里传来的是与勇气相关的歌声：没人能为我唤回青春，没人能替我走完人生，我知道该拿出勇气面对未来……

时间是漏过指缝的流沙，沈煜送给她的参考笔记被她小心翼翼收藏在密码箱。那年夏天她真的很努力很努力，只为了下一次相遇，为了对得起他善意的鼓励。

她连续三次拿到第一名，班里同学都很诧异，很难将那个平凡的叶浅与学霸对应起来。

你见过尘埃里开出花来吗？叶浅就是这样。

无数次设想与他单独偶遇，连呼吸都反复练习。日历本上交错着一道道痕迹，写了又撕掉的信，怎样都觉得不完美。

想要飞，想要追逐他的足迹，于是只能更努力。

四

一日，她蹦蹦跳跳地下了公交车，放下书包就往学生会跑去，公告栏前的吵闹声忽然引起了她的注意。听见有人说到沈煜的名字，她心头一紧，匆匆挤进人群。

"真没想到沈煜是这样的人。"

"就是就是。"

脑袋嗡嗡嗡地响。

"我不许你们这样说他。"她愤怒地吼出这句话，像只张牙舞爪的小兽。

即便曾经被所有人排挤她都没大声说过一句，可她忍受不了有人说沈煜一句不是。他是她心底不可冒犯的柔软，是她穷极一生也看不完的风景。

局面顿时僵持起来。有好事者开始指着她议论纷纷，直到沈煜走了过来，然后拉她跑开。

朦胧的晨曦中，她只能听见风在耳畔呼啸的声音。他们一道狂奔，在十几岁的雨季里。

一时间，所有的非议几乎淹没了沈煜。沈煜却并未做过澄清。他始终相信，一切的问题时间终会给出答案。那之后，他只是做得比从前更优秀，笑容更美好，态度更端正。

谣言终究只是谣言，闹剧只会让人看清事实。

很快，真相揭开了，不过是女生间因为暗藏的小心思惹出的祸端。或许谁都没有错，怪只怪太年少。

夏时的雨冲淡了连日来的喧嚣，木槿花弥漫着离别的气息。早准备好的一封信终究没有机会送出去。

五

后来她想，喜欢其实也可以只是自己一个人的事。说到底，她并不遗憾这份心情终将被掩埋在时光里，因为遇上沈煜，已是她最大的幸运。

"还愣着干吗？今天是高三的毕业典礼，快走啦。"同桌瑶瑶在她耳边咋咋呼呼。

她轻轻"嗯"了一声，迎着朝阳微笑。

"咔嚓"一声，定格了青春岁月最灿烂的笑颜。

瑶瑶早不知跑哪儿去了，沈煜突然从人群中走了出来。他看起来有些狼狈，衣衫凌乱。作为一个人缘极好的男生，眼看就要毕业离开，太多人不舍，终究是件正常不过的事。

思及此，叶浅掩唇笑了。

"学长。"她轻唤一声。

和风微微，细碎的日光落在他身上。

"虽然衬衫上的纽扣被抢走了，但外套的还在。"他眉眼弯弯，笑容镌刻成浮雕。

"沈煜，班主任找你。"有人叫他。

沈煜将纽扣连同一张纸放在她手心。冰凉和温润的触感共存。

她心跳如鼓。

沈煜走后，她将纸展开，一行熟悉的字迹：江城四月，等你一起去武大看樱花漫舞。

你是我青春的一道光

十七岁的风扇转呀转

孙晓蕙

一

这是你第几次迟到了，你还记得清吗？你只知道，每次遇见的校纪都是同一个人。你盯着她挂在校徽旁边的名字卡，上面赫然写着三个大字——李樱桃。你想她的爸妈一定很喜欢吃樱桃吧。还没等你回过神来，她就把你拉了过去，拿着你的校卡在登记本上开始记录。

你看着她汗津津的小脸，欲言又止。

她忍不住教训道："哎，我说你能不能早点儿到，班级因为你都扣多少分了，这次的优秀班级又该评不上了！"

你觍着脸凑上前去，趁机求情："你不记我名字不就得了嘛。"

李樱桃笑嘻嘻地说了个"好"……然后一秒变严肃脸，把"难"字拉了个长音。

你自讨没趣，把书包甩上肩膀，头也不回地朝教室方向走了。

你真想抽自己一个嘴巴子，你怎么会奢望李樱桃不记你名字啊？她可是全校出名、铁面无私的"包青天"呀。

为了抓迟到的同学，她的鼻子练就得比狗还灵敏，有时候甚至不吃早餐，也要到校门口蹲点抓迟到的人。

跟她求情，那就是两个字：没戏！

二

冤家路窄，老师竟然把李樱桃的座位换到了你后面。每天感受到校纪恶狠狠的眼神，能舒心就怪哩。

为了公报私仇，你每次都趁她去厕所或者值日时，偷偷把她的黑色水瓶瓶盖拧紧。看到她想喝水却拧不开水瓶，一脸束手无策的样子，你觉得自己憋笑都要憋出内伤了。

可能是太渴了，这次她难得开了口，小心翼翼地拍了拍你后背，问你能不能帮她拧开。

你有点接不住这个反转剧情，转瞬间收起表情，假装冷淡地点点头，把水瓶哐当一下就拧开了。

李樱桃弯着眉眼，感激之情溢于言表。你看着她真诚的样子，心里有一点点愧疚。你觉得李樱桃也太好骗了吧。

跟她平时凶巴巴的样子一点也不一样，有一点善良，甚至有……有那么一点可爱。

三

你像往常一样又迟到了，可李樱桃无暇管你，她遇上了点小麻烦。

有一个男生迟到，不依不饶地不肯把校卡交出来登记，李樱桃也倔，拦住他去路不让他走。僵持了一会儿，那个男生一把把李樱桃推倒在地上。

登记本"啪"的一声掉下来，笔也滚到了一边。

你心里莫名腾起一股怒气，三两步冲上去拉住那个男生要他道歉。

李樱桃咕噜一下爬起来，拉住你的手臂一直喊你松手。她执意说自己没事，怕你不信还特意在你面前转了一个圈，露出大大的笑脸。

你知道她是怕你惹祸上身，你悄然松开了手，循例掏出校卡递给她。李樱桃写了你的姓，犹豫了很久又画掉了。

她小脸绯红，把登记本抱在怀里，在你跟前踮起脚，轻轻地说了句："仅此一次，下不为例。"

你受宠若惊，走到教室都不敢相信这是真的。一路上，那些腾然而起的怒气困扰着你，你不能理解自己刚刚的行为。莫名的情愫在你心里打滚，后来你才知道，原来那叫作喜欢。

四

自从明确了对李樱桃的心意，你再也不偷偷拧紧她的水瓶盖了。可是她却好似习惯了，每次喝水前都自然而然把水瓶递给你。

你当然乐意效劳，这让你觉得你在她心里占据着特殊地位。

最后一节课，夕阳透过窗户，把斑斓的余光投射在李樱桃脸上，你看得入了神。你盯着她，低声说了句："我喜欢你。"

李樱桃疑惑地摘下耳机，问你说什么。

可是你却再也没有勇气说第二遍了。

你咽了咽口水，违心地说："说你变丑了。"

李樱桃慌忙在桌洞里翻出小镜子，对着镜子挤眉弄眼。她自言自语道："眼睛好像有点肿了，都是昨晚熬夜了……"

你看着她一本正经的样子，扑哧一下就笑出了声。

五

周末，你约了李樱桃去郊游，她在你自行车后面欢呼雀跃，像个孩子。

你载着她驶入了一片森林，阳光透过重重树影投下来，像进入了爱丽丝仙境。一定是景色太美了，你迷途也不自知。

等你意识到，你们已经迷路了。森林里的信号并不好，你们走了两遍也没有绕出去。眼看着天色暗下来，李樱桃害怕了，她抓住你的手臂，慌得语无伦次，一直在说怎么办。

你说别怕别怕，大不了就困在这儿一辈子吧。

你不知道她有没有懂，你只知道她抓住你手臂的双手一直让你留恋。

你喜欢她，喜欢了好久好久。

秋日的光影映在她清秀的脸颊上，望着近在咫尺的她，她的脸会不会跟手一样温暖呢？你想去摸一下，在快要触碰到时又清醒地缩回，她刚好撇过脸去，你窃喜她没有发现。

虽然身处窘境，可你多么希望时间能一直停留在此刻。

你透过树影看到云，觉得好美，又一瞬间惆怅了起来。你想到顾城的一首诗：

你，一会儿看我，一会儿看云。
我觉得，你看我时很远，你看云时很近。

眼前飘飘乎的李樱桃不就是这样吗？你怀揣着复杂的情绪，终是依靠着记忆摸索了出去。本是劫后余生，可你却怎么也忘不了这一天，忘不了她眼睛里的星辰满月。

六

时间一晃而过，你和她都毕业了。

毕业宴会上，你看着她，心里有不甘。只可惜很快就各奔东西了，借着离别情绪说出来的告白，又矫情又小家子气，还是不说了。

而且大大咧咧的李樱桃，也没有丝毫表现出对你的不舍。你的记忆里，空留着那天在森林的"探险"，说不好真的是一场爱丽丝梦游呢。

你按部就班上了大学，躺在床上玩微信，刷到了高中同学感怀往昔的朋友圈。同学回学校了，他很怀念高中的生活和朋友，还配了之前在教室随手抓拍的照片。

虽然照片像素不高，但你还是一眼认出了李樱桃，透过重重人影和书，她斜靠在座位上，脸上的表情看不清楚。她左手举着一个小风扇，右手握住笔在写着题册，而风扇正对着的方向，是趴在桌子上呼呼大睡的你。

你的眼泪突然落了下来，记忆回到了十七岁那年，你在森林里问李樱桃。

"如果你喜欢一个人，你会为他做什么呀？"

李樱桃歪着头说："我会给他吹风扇。"

你皱了皱眉头说："这算哪门子事啊……"然后你们笑闹着跑开了。

你想，如果当初你认真问下去，如果当初你脸皮厚一点，如果当初你再坚持一下……那么，结局会不会不一样呢？

只是，那个十七岁的少年，十七岁的李樱桃，十七岁的那个闷热的午后，却是怎么也回不来了。

微信书里暗溢着酸菜鱼的香味

浮海沉鱼

一

冬末春初,程霖第一次和韦一去学校对面的川菜馆吃饭,人行道边的树顶上依旧光秃秃,显得一片萧索。进川菜馆前,程霖"哧溜"一下跑进那家大嘴超市,在琳琅满目的货架上,经过一番精挑细选,拿了两瓶旺仔牛奶。

等他拿着两瓶旺仔牛奶从超市出来,韦一站在树下,白皙的脸颊冻得发紫。程霖一个箭步冲了过去,说:"走吧,冻坏了吧?快进去暖和一会儿。"他拽着韦一的胳膊,朝饭馆冲了进去。

这是程霖暗恋韦一的第365天,刚好一年。他们第一次坐在一张餐桌前,共进午饭。面对眼前这个喜欢了整整一年的女孩,程霖满心欢喜又略显紧张,询问韦一想不想吃酸菜鱼,却嘴巴一秃噜说成了"酥菜鱼"。韦一听后,笑得前仰后合,听到酸菜鱼的那一刻,她满脸都是开心。

韦一说:"我特别喜欢吃酸菜鱼。"程霖立即接话:"是吗?哎呀,真巧。我也特别喜欢吃!"点好菜,等待的时候,程霖把刚买的旺仔牛奶摆在桌上,表情有些木讷地说:"我也不知道你喜欢喝什么,就挑了一瓶旺仔牛奶。"韦一摆了摆手。程霖脸色一变:"你不喜欢喝旺仔牛奶？那你喜欢喝什么？我去换。"程霂站起身，正准备往外跑，韦一把他喊了回来："我什么都不喝，吃饭的时候不喝饮料，喝了不利于消化。""这样啊，好吧。那我也不喝了，陪你一起。"说完，他干脆利落地把旺仔牛奶塞进兜里。

等到热腾腾的酸菜鱼上桌，饥肠辘辘的俩人开始狼吞虎咽。韦一吃得很满足，边吃边夸这家店的酸菜鱼做得地道。程霂配合着韦一的节奏，也不停往嘴里送，又不停地问着韦一的个人经历。两个人一度聊得热火朝天，第一次一起吃饭的紧张和拘谨也开始渐渐消失。

吃完饭，韦一依旧喋喋不休地称赞这家的鱼做得好吃。程霂似乎找到了下次见面的契机："我听说西亭路有家酸菜鱼馆也很有名，下次我们一起去吧。"两个人从饭店里出来，程霂执意送韦一去车站。冬天正午的阳光，透过树枝的缝隙照在韦一的脸上，烘托出别样的美。

公交车一声鸣笛，疾驰开走的瞬间，程霂用力地朝车上挥手，喊着："下次见！"转身，摸了摸兜里捂得温热的旺仔牛奶，他开心地笑了。

二

月半城的酸菜鱼店开张，程霂赶了个早，在拥挤的人群里找到座位，等待韦一。时间一分一秒地过去，当一拨又一拨徜徉在鱼香中的人群散去之时，程霂满心期待的身影还未出现。一个想法在心中萌生，他找服务员要了包装盒，匆匆将鱼肉打包，便从店里冲了出去。

自习室里，他在一片灯光的尽头，寻到朝思暮想的身影。走上前，看见她正在雪白的纸上来回勾画。

"这么用功啊？"程霂叫停了那个努力的背影。

韦一扭头一看，一抹微笑爬上脸颊。程霂匆匆地摊开还冒着热气的酸菜鱼，叫韦一赶紧趁热吃。韦一边吃边说："真抱歉，明天要考试，所以忘记了赴约。真没想到，你居然跑这么远给我送来。"

她用纸巾擦拭着挂上嘴角的一根酸菜，并让程霂和她一起吃。程霂突然感到一阵恶心，"哧溜"一下跑出去好远，再回来时，他满脸涨得通红。

"我今天有点儿受寒，没关系，你吃吧。"盯着面前吃得津津有味的韦一和那碗令他浑身不舒服的酸菜鱼，程霂内心百感交集，不过开心更多。

韦一手边，摊放着那本程霂借给她的《英语词典》，上面密密麻麻地写满了黑色的字体。韦一一边用右手搅动着碗里的酸菜鱼，一边用左手在书上不停地来回翻动。酸菜鱼的汤汁，随着她右手用力一挑，便在纸上留下了一抹印记。

爱书如命的程霂，抱着韦一还给他的书，傻傻地笑了。这本书里，印下了那份爱的独特味道，他紧紧地抱着书，比从前任何时候都觉得沉甸甸的。

榕树小区门口，韦一和程霂分别，微风拂过韦一的脸颊，吹开她额头稀疏的刘海。

"谢谢你的酸菜鱼。"

声音久久回荡，在程霂心坎里注入一股暖流。

三

再一次见面，是半年以后的盛夏。那天，天空像开了一道豁口，大雨倾盆。程霂站在十字路口，等候姗姗来迟的人。很快，在雨幕中，一个曼妙的身影出现在视线里，韦一一袭淡蓝色长裙，外加一件小披风，优雅得体。

穿街走巷，终于找到角落处的酸菜鱼馆。这店名不虚传，一进店门，鱼香四溢。韦一晒黑了不少，刚从云南回来的她，兴致勃勃地向程霂诉说着云南旅游的经历，程霂通过她的话语，好似身临其境般地感受到彩云之南的美好，只是遗憾陪她去的人不是自己。

酸菜鱼上桌，一层漂浮的油花下面，鲜嫩的鱼肉在盆底火势的助攻下，翻来滚去。锅里溢出的鱼香味，透过空气，飘进他们的鼻孔。这味儿在韦一心中是喷香无比，于程霂而言，却腥气十足。

为了迎合面前的韦一，程霂鼓起勇气将鱼肉送进了嘴里。吃起来鱼腥味十足，吞进去，却异常开心。

这大概是程霂最后一次陪韦一吃酸菜鱼，即将到其他城市求学，他最放不下的人便是她。临走前，他送了她一本自己亲手做的微信书，书末清楚地写着一行字："青春里，喜欢你，是我做过最勇敢和最不后悔的一件事。"

从喜欢她的那一天起，他就细心观察着她所有的喜好。第一次给她买饭，他发现了她爱吃鱼的秘密；第一次一起吃饭，他毫不犹豫点了酸菜鱼，其实他自己并不爱吃，甚至当鱼味钻进他的鼻子，会令他一阵作呕，只是刚好她爱吃，他便编造了一个弥天大谎；第一次一起吃饭，当他知道她不爱喝饮料以后，一起吃饭时他再也没提过喝饮料。

经年已过，程霂回想着曾经的岁月，眼睛突然就湿润了。

那些年的相遇，照亮整个世界

毕桂涛

一

清晨的阳光均匀地洒落于潘琪儿手中的书页之上。此时，潘琪儿正愣愣地望向远处平静的湖面，以至于忘记了上课时间。

潘琪儿每天都要在学校的雁湖旁晨读，这个习惯她已经坚持了整整两年。六点起床来到雁湖的长凳，晨读一小时后再去上课。不知怎么，潘琪儿看着掠过水面的鸟儿蓦地想起那个人——一个曾在她的青春里路过的男生。

那个男生名叫李思哲，初中时和潘琪儿同校。他身材高高瘦瘦的，平时喜欢穿宽松肥大的衣服，还有那双炯炯有神的眼睛，虽然不大，却像尚未揭开神秘面纱的星云，既深邃又迷人。

二

时间回到潘琪儿和李思哲的初遇时刻，那时，潘琪儿刚读初中，早就盼望去海边兜风的她终于挨过考试，迎来计划已久的美好假期。

第一次如愿见到大海时，潘琪儿趴在栏杆上不停地呼喊，声音越过辽远的天际，似乎可以飘至所有人的耳畔。此刻的她还不知道，李思哲就在距离她十几米的地方看着同样的风景。

　　晴空万里无云，海面碧波万顷。海蓝色和天蓝色几近依偎在一起，水天相接的尽头飞过灰白色的海鸥，迎面而来的海风让潘琪儿陶醉其中。她时不时地向妈妈炫耀："我选择的目的地真是人间天堂！"而后，一串爽朗的笑声飘在风中。

　　高兴之余，潘琪儿又起了拍照的兴致。她摆弄着单反，从远景到近景，从海天到海鸥，拍摄了很多令人难忘的照片，却少了一张温馨的全家福。潘琪儿环顾四周，立刻关注到同样在拍照的李思哲。李思哲斜挎着深色书包，头发被海风吹得凌乱，手中握着一部有些破旧的相机，那认真的神情颇具喜感。

　　"同学你好，你也喜欢摄影吗？可以帮我们拍个全家福吗？"潘琪儿爽朗地笑着问。"嗯，好啊。"李思哲低声应允。

　　拍全家福的时候，他们两个只有简单的交流，苦于李思哲内向的性格，潘琪儿短时间内没有交到这个朋友。她一句简单的"谢谢"之后，李思哲微微一笑，转身朝栈桥的沙滩走去，地上留下两列浅浅的脚印。潘琪儿站在原地望着李思哲的背影，不由自主地用单反定格了那个瞬间。

三

　　潘琪儿和李思哲的再一次相遇是在尤雪的生日派对上。尤雪精心置办的生日派对非常隆重，像一场典礼似的。派对是在半阶梯式小礼堂举行，各色的气球和彩带悬挂在最前面的舞台，飘飘荡荡的样子十分漂亮。而恰巧李思哲也应邀参加了这场隆重又别致的生日派对，那时潘琪儿还不知道坐在自己面前的这个男生，便是尤雪的哥哥。

生日派对上，尤雪诉说着她的青春物语，细数这些年来的成长历程。有些调皮的同学突然在后台拔下尤雪的话筒连线，制造着那个谋划已久的惊喜。正当尤雪感到惊诧的时候，她背后的荧幕上播放出很多同学录制的祝福视频，让尤雪瞬间就淹没在了感动的浪潮里。

潘琪儿一直侧着脸望向李思哲。随着视频结尾的音乐响起，李思哲跑上了舞台。"谢谢大家能来参加我妹妹尤雪的生日派对，希望她在崭新的岁月里，万事胜意，平安喜乐！"不善言辞的李思哲没说几句话，竟有些脸红。坐在下面的潘琪儿热切地鼓着掌，一并深深地记住了这个曾在海边给她拍过全家福的少年。

晚上聚餐时，潘琪儿和李思哲恰好被分为同桌邻座。这样的聚餐当然少不了游戏和交谈，潘琪儿还占据"地利"，所以天生"自来熟"的她和李思哲自然而然地就熟识了。至此，李思哲如约在潘琪儿的青春里打马而过，终将成为一个摆渡时光的人。

四

后来，因为尤雪的关系，潘琪儿和李思哲顺理成章地热络了起来。某个周六的下午，他们三个为了庆祝刚刚结束的月考，约定一起去旅游小镇的风情街闲逛，买不买东西不重要，关键在于能抽个空闲的时间放松一下。

约定的时间是在上午10点。潘琪儿提早买了三杯奶茶，还特地给李思哲多加了冰，在309路公交车站默默等待着他们。正在考虑奶茶的冰是不是快要融化光时，潘琪儿看见李思哲背着斜挎包远远地朝她招手，身边还跟着活蹦乱跳的尤雪。说实话，李思哲真有点儿像日系漫画中的男主，简直要羡煞旁人。

"我早就给你们准备了奶茶哦！"潘琪儿迎着日光，将奶茶在他们面前晃来晃去。"哈哈哈，还是琪儿懂我！"尤雪说着就从潘琪儿的手中抢走了奶茶。"谢谢。"李思哲一如往常的高冷，从他嘴里说出来的话经常超不过三句，潘琪儿早就习以为常。这性格迥异的三个人，却意外地相遇相识，还成了要好的朋友。

　　风情街上有各式各样的小吃，潘琪儿和尤雪一边谈论着美食的味道，一边往人多的地方走，而李思哲则默默地跟在她俩的背后，观望着街边各种新奇的事物，不时应和着潘琪儿和尤雪的对话，仿佛跟她们是活在两个世界的人，他有他的乐趣，她们有她们的快乐。

　　"你们要不要写这个？"尤雪突然指向了挂在店铺门口的"心愿简"，晃晃悠悠的竹简寄托着人们的美好祝愿。还没等他们俩开口，尤雪便迅速地朝店长付了钱，买下了三枚小小的竹简，顺手递了过来。

　　"你这身手，不让你当个猎人都可惜了！"潘琪儿边笑边想着该写什么，一时间竟不知道写什么好。李思哲在潘琪儿说话的工夫，很快便写好了，学霸的脑子就是不一样，写个心愿都像做题一样雷厉风行。潘琪儿和尤雪两个人围着李思哲，希望看他写的心愿的时候，李思哲竟然一踮脚将"心愿简"挂在了最高的地方，让这俩"小巧的少女"难以企及，所以她俩只好作罢。

　　思来想去，潘琪儿偷偷在竹简上写下：你提灯而来，照亮了我的整个世界。希望我们可以温而不热，久而不疏。犹豫再三，潘琪儿终究还是补上了李思哲名字的缩写"LSZ"，在竹简右下角的边缘处，笔迹很浅，或许只有潘琪儿能认出来吧。

青春很是奇怪，总是充满柔软的忧伤，就像一直跟在李思哲身后的那个潘琪儿，揣着一份小小的喜欢却从来不敢走近一点点。

后来，李思哲因为一场意外事故，没能参加那年的高考，本来约定一起去青岛游玩，他还是食言了。尽管现在见面的时间很少，但潘琪儿还是会经常想起那个明朗清澈的少年。

- 解码青春期
- 心理健康课
- 趣味小测试
- 快乐聊天室

扫码获取

愿有萤光，听风过耳

麦淇琳

一

今年的倒春寒持续时间特别长，马路上整天都是湿漉漉的。杜然然再次遇见祝小光，是在一个街道旁。

祝小光穿着一件浅蓝色外套，额角的碎发被风吹起，露出白皙的额头。旁边有几个与他年纪相仿的男生在卖力推销："假期美术班、书法班招生喽，过来看看。"只有祝小光，像个没事人似的，拿着宣传单折起立体花。饶是如此，还是有不少女孩好奇地向他咨询。

"小哥哥，你折的是什么花，美术班也教这个吗？"祝小光微微一笑，实话实说："这是我随手折的梨花，美术班只教水彩画，不教折纸。"

杜然然走在街上循声望去，心里一热：世界上真的有巧遇吗？那个高瘦挺拔的男生不是祝小光吗？半年未见，他似乎长高了许多。杜然然兴奋地向他挥手，竟忘记自己手中提着一桶颜料，她一时没反应过来，眼睁睁看着颜料掉在地上。

"啪"的一声，有颜料溅到祝小光的裤角。男生们惊得目瞪口呆："祝小光，你新买的裤子毁了。"杜然然的第一反应就是道歉："对不起，你这裤子多少钱，我赔。"

"不用,不用,多大点儿事啊!"祝小光没有责备她,而是蹲下将裤角卷起一点。杜然然一时愣怔,思绪开始漫无边际地飘。

二

半年前杜然然的爸爸去世,她到海边散心,想到父亲离世,母亲远行,她像个被丢弃的小人偶,呜咽声断断续续。突然听到一阵悠扬的口琴声,杜然然和少年打了个照面。

少年问她:"你怎么哭了?"

杜然然抹干眼泪,说道:"我爸爸走了。"少年愣了一下,晃了晃手中的口琴,说:"音乐可以使人忘记悲伤,我吹一首李健的《贝加尔湖畔》给你听,开心一点。"

杜然然的眼眶发热,祝小光的口琴声吹散了她眼里的忧愁,少年弯了弯唇角,展颜一笑:"我叫祝小光,你叫什么名字?"

她揉着湿润的眼睛,说:"我叫杜然然。你到这里来,莫不是来看海豚的?"祝小光点点头,说:"是的,我已经在这里等了三天了。"

"你这么喜欢海豚吗?"杜然然的话音刚落,祝小光便说:"我喜欢折纸,听说这一带有海豚出没,就过来看看,想折一只立体海豚。"

"是什么样的折纸呢?"杜然然眼睛一亮,只见祝小光从兜里掏出一只长着翅膀的"青蛙",他说:"就像它一样,是立体的。你知道吗,我还会为每一款折纸都设计一个故事,比如这只青蛙,它原本是一只井底之蛙,但它奋力跃出深井,长出了翅膀,然后遨游蓝天。"

祝小光眼里忽然闪露出一种光芒:"我相信折纸的过程能带给人精

神力量，将来我要折遍世间万物，还要把折纸的快乐传播到中国的每个角落。"人在困境中，感受到哪怕一点点善意，也像抓住救命稻草一般。杜然然顿时感觉有一道光打过来，照亮了她卑微黑暗的人生。

三

临别时，祝小光将青蛙折纸送给了杜然然，并约定第二天还一起来看海豚。

翌日，杜然然如约到了海边，没有等到祝小光，却惊喜地见到了一群宽吻海豚。它们从岸边经过，三三两两用背鳍划破海面，做出优美的弧形跳跃，然后消失，又在十几米远处，再度凌空腾起。

此刻再次相遇，杜然然眼睛始终没有离开祝小光，等围在他身旁的人散去，她终于下定决心，上前抓住了祝小光的衣摆。

"请稍等一下。"祝小光停住脚步，转过身。

"那个，还记得我吗？"杜然然慌乱地找出她一直藏在书包里的青蛙折纸，"这个折纸，是你送给我的。"

"啊，是你！"祝小光显然也认出了杜然然。

以前，杜然然不懂为什么有些离别总是猝不及防。如今她才懂得，在人生长河中，离别和重逢都是无数的偶然。那时候爸爸突然走了，她陷入孤独抑郁，直到那天祝小光告诉她，即便是井底之蛙，只要奋力跃出深井，也会长出翅膀，遨游蓝天。那以后，她一点一点催促自己从阴影里走了出来，让自己的心态变得阳光积极。

两个人就这样面对面站在小巷过道，风轻柔地吹过彼此的发梢，杜然然笑着望他。彼此目光触及，相视而笑。

四

那以后，祝小光经常找杜然然一起去图书馆。杜然然看的不是言情小说，就是作文指导之类的书，而祝小光借得最多的书籍，则是关于折纸艺术的书籍。一个周末，祝小光突然来找杜然然，杜然然看见他就说："怎么，又要去图书馆吗？"

"不，我们今天去动物园吧。"

"去动物园做什么？"

"听说动物园有麋鹿，我想去看看。"

杜然然早已过了迷恋动物园的年龄，她知道祝小光去动物园是为了给折纸做准备。

到达动物园时，杜然然才发现这是一座几近荒废的动物园，或者说它作为动物园已经是徒有虚名了。动物园给人一片荒凉的感觉，这里铁栅生锈、青苔疯长，只有一群锦鸡、几只猴子和一只麋鹿，如此而已。

猴房里的猴子生气勃勃，在攀缘和奔跑中四处张望着，祝小光架好画架，在旁边的麋鹿房外画画。饲养员有六十多岁了，大概是听到了脚步声，他走过来冲他们喊："这里已经没人来了，你们还来做什么？"

"大爷，我们是过来画画的。"祝小光笑眯眯的。老人叹着气："以前这里可热闹了，但现在没人管这园子了，这些动物就我一个人管。"杜然然问道："虽然园子里的动物不多了，但您一个人看管这园子，事情应该也不少吧。"

"现在的人不兴来动物园了，但只要我活着，就会守着这里，有我一天，就有动物一口吃的，若它们老死了，我还得给它们送葬。"说完，老饲养员去忙活自己的事情了。

五

读初三那年，祝小光出了一次名。他折纸折出了一座荒废的动物园，上面只有锦鸡、猴子、麋鹿，还有一位老饲养员。

祝小光凭借这座形状逼真的动物园，夺得了一个折纸大赛的冠军，也引起了人们对那座动物园的关注。

初三毕业典礼那天，那个夏日的晚上，蚊帐内进了一只萤火虫，杜然然连忙关上帐帘看那萤光，忽然就想起了祝小光写在微博上的一句话：愿有萤光，听风过耳。

人生总有磕磕绊绊，每一次疼痛，都是成长的助力。若四面风雨袭来，且随它八方散去，那些隔着积灰的过往终会化成珍珠，散发出美丽的光。

海蛎煎味道包裹着味蕾

麦淇琳

一

苏筱筱从小体育成绩就很糟糕，每次考试都无法达标，成绩不好的主要原因是她肥胖的身材。

别的少女，胖有胖的美态，瘦有瘦的骨感，可她总是佝偻着身体，掩饰自己有些肥胖的身材。

每到夏天，班里的女孩子穿上漂亮的短袖衣裙，苏筱筱却始终用一身长衣长裤，将自己不太曼妙的身躯罩在里面。尽管如此，班上的同学还是热衷于讥笑她的身材。

不被关心，不被问候，没有朋友，就是苏筱筱在班级里的处境。

那天体育课，苏筱筱被篮球绊倒，一下子摔倒在地，大伙都没心没肺地大声哄笑，他们倒是一个字也没有说，就是一起向她起哄。

稍显肥胖的身材成了苏筱筱的一道难题，不管她如何克制饮食都改变不了那恼人的体重。

二

午后的鹭岛，苏筱筱独自一人在屋外画画，暖风吹过屋顶上的昨叶何草，她呆呆看着，想起爸爸曾说："昨叶何草选择在陈年老屋的瓦上，在光阴深处独自思考，那是一种禅意。"

在苏筱筱的印象里，爸爸的身体一直不好，总在彻夜不休地咳嗽。在苏筱筱八岁时，桂花香气变得浓郁的某个夜里，爸爸的咳嗽声也悄然断绝了。

这些年，失去爸爸的生活仍然在流水般继续，苏筱筱明显地感觉到，夏天的阴影里，有一种难以言说的悲凉。

苏筱筱的画是自学的，最早的时候，是爸爸跟她讲古人剃了头，剃了眉，将昨叶何草烧焦了研成末，再浸生麻油，可生发生眉，蛾眉青黛，乌发蝉鬓，别提多美了。苏筱筱试着做了，自然是不敢往脑袋和眉毛上涂，只是在纸上乱涂乱抹，竟因此爱上画画。

三

苏筱筱原本下了课要去海边写生，走到局口街，却忽然下起大雨，有人在叫："苏筱筱，这么大的雨，过来这边躲躲吧。"

苏筱筱看见路灿阳的那一刻，不由觉得脑壳疼。路灿阳长得清逸俊朗，是学校里大神级的人物，可他平时也没少跟着其他男生起她的哄，这会儿怎么会这么好心？

苏筱筱气闷地瞪了他一眼，路灿阳讨好地说："平时是我不好，不该嘲笑你，要不我请你吃海蛎煎吧？"说完，路灿阳指了指路口一家小店，说："那是我阿嬷开的店，她做的海蛎煎可好吃了。"

饥肠辘辘的苏筱筱瞥着眼前这家名叫"阿嬷的海蛎煎"的小店，她的孤独感太深了，所以当路灿阳的阿嬷微笑地招呼她的时候，她感受到了一点点温暖，好像天晴了一样。

四

　　路灿阳的父母过世得早，从小他就跟阿嬷在鹭岛一起生活。鹭岛是一座滨海城市，常年游客不断，路灿阳的阿嬷就在局口街做小吃维持祖孙俩的生计。

　　海蛎煎在平底锅上冒出缕缕白烟，空气中弥漫着海蛎煎的香气。路灿阳极自然地把一小碟海蛎煎递给苏筱筱，他自己也毫不客气地吃了起来。苏筱筱一口咬下去，香辣的海蛎煎味道包裹着味蕾，像含着整个夏天一般。

　　路灿阳看着苏筱筱吃完那碟海蛎煎，对她说："我们的恩怨就此一笔勾销，如何？"苏筱筱点头说道："好吧，我原谅你了。但是你怎么会突然转了性子呢？"

　　路灿阳的阿嬷在一旁说："其实我们家灿阳不是个坏孩子，或许，不随着同学讥笑，他觉得自己会受到更大的打击吧。"

　　"为什么？"

　　"灿阳小时候有口吃症，虽然现在已经矫正过来了，但他也怕别人再提起。"

　　什么？苏筱筱简直不敢相信，原来，每个人心里都有不敢直视的伤疤啊。

　　"阿嬷！你怎么可以这样随随便便就把我的秘密说出来呢！"路灿阳大叫，转头玩笑地对苏筱筱握拳比画道："你，不准把我的事情说出去！"

五

　　那天课间。苏筱筱在学校小卖部里买了一瓶菊花茶，刚走了几步，就见路灿阳蹲在花圃旁拾捡素描本,旁边撞到他的同学朝他道歉后,就匆忙跑开了。

苏筱筱走过去,听见路灿阳自言自语道:"哎呀真是的,白画了一晚上。"

她凑近一看,素描本上是一幅近乎刻印般的蚊虫图,但是被污水弄脏了一块。

"你这画的是什么呢?"

"蚊子。"路灿阳简短而又云淡风轻地说。

苏筱筱"咦"了一声:"你画蚊子干啥呀,这东西多丑啊,你还画它?"

"这你就不知道了吧,对蚊子形态不了解的人,绘画基础再好也是徒劳,我这是向高难度挑战啊。"苏筱筱望着路灿阳突然认真的表情,顿时失去了语言能力。

晚上,苏筱筱看见路灿阳在朋友圈晒了一张"蚊虫"素描,上面的配文写着:"人把时间花在喜欢的事情上面,才不会觉得有遗憾。"

六

期中考试很快就来了,苏筱筱轻轻松松考进年级的前十名,而路灿阳也一直保持着成绩前五的学霸地位。然而,在班会上,他却因为偷偷画画,被班主任指名道姓地批评,还被没收了素描本。

"苏筱筱,苏筱筱……"放学后,路灿阳狂跑着追上她,"刚刚林嘉跟我说,你妈妈在生物研究所工作,是真的吗?"苏筱筱愣了一下,说:"是啊,怎么啦?"

"我想借用研究所的显微镜,你帮我说说吧?"

"什么，你以为显微镜是苹果还是梨，说借就能借的？"

路灿阳拉着苏筱筱的双肩包，赖皮地说："我的素描本被老师收走了，如果没有显微镜，我就画不了蚊子口器的构造，帮帮忙呗。"

这些日子以来，苏筱筱发现"蚊虫工笔画"是路灿阳喜欢的事情，他奉之为梦想。于是她摆摆手说："好啦，我回去问问。"

达到了目的，路灿阳心情大好，接着说："筱筱，我请你吃海蛎煎吧，去我阿嬷的店！"

七

这个周末的下午，苏筱筱的妈妈带他们到实验室。路灿阳的眼睛清澈有神，他的嘴唇抿得紧紧的，下颌绷出完美的弧线，整张脸如同一尊雕塑，因为认真和专注而有了灵魂。

他拿出蚊虫标本，在显微镜下看仔细了就开始画草图，画好轮廓，又将细微部分补齐，才拿出碳素笔描摹。苏筱筱敬佩地说："想不到你连画蚊虫都这么专业啊！"

他笑了笑："我爸爸以前是一名蚊虫研究专家，他说过，画蚊子是一件很严谨的事情，不能图好玩的，只要潜心钻研，有了十年基本功，必有所得。"路灿阳的眼睛里闪着星光。

离开生物研究所已经是傍晚时分了，夕阳的最后一缕余晖拥抱了整条局口街，天边有海鸟飞过，风轻柔地吹过行人的发梢。路灿阳的阿嬷绽放着阳光一样的笑容，呼唤她："筱筱，阿嬷给你做了海蛎煎，快来。"

苏筱筱停下脚步，觉得很幸福。她想起了诗人里尔克的诗句——"好好忍耐，不要沮丧，如果春天要来，大地会使它一点一点地完成。"这句诗，她早已记在自己心爱的手抄本上。

来不及说再见，便各自天涯

余是鱼

一

彼时，宋子阳顺利通过了地球物理国际论坛申请，还没来得及参加毕业典礼，便匆匆踏上了赶赴他乡的飞机，我甚至连当面说一声"再见"的机会，也没有了。

微暖的天气里清风温柔，栀子花盛开在街巷之间，漫溢着淡淡的清香。就在上个月，我们凑在一起参加读书交流会的时候，我还开玩笑地问宋子阳："如果顺利通过了国际论坛申请，你还会参加毕业典礼吗？"

当时宋子阳信誓旦旦地许下承诺："我肯定要去啊！我还要好好跟你道别呢。虽然说以后也还会见面，但意义不同，我一定要让你记住——曾经有个人对你而言至关重要！"这句话突然从宋子阳的口中说出来，我总感觉怪怪的，一点儿都不像他之前的风格。

我听到宋子阳的这句话，心里的石头落了地。那天我在读书分享会上的发言非常成功，语言流畅贯通，一气呵成，引得场下的观众掌声连连。宋子阳也远远地朝着台上的我竖起了大拇指。从我认识他以来，这好像是宋子阳第一次以这样的方式对我表示肯定，之前貌似都是以"鸡蛋里挑骨头"的态度纠正我的各种问题。

读书交流会结束后，我思来想去，决定在毕业典礼后送给宋子阳一封信。我用了3天时间组织措辞、选取素材、修改校正，这封信简直要被我写成一篇高考满分作文，可见我对这封信的重视程度。我想，既然是送信，那就得是真情实感的流露和情真意切的表达才行，毕竟"礼轻情意重"嘛！

可最后的结果是，我拿着精致而小巧的信封，站在偌大的毕业典礼礼堂里，却没有发现宋子阳的身影。再三问过同学之后，才得知宋子阳是真的没来参加毕业典礼，也没人知道具体什么原因。我顿时愣住了，许久才缓过神来。

二

不知道为什么，宋子阳从小就非常受欢迎。幼儿园的时候，明明大家都很听话，可老师偏偏会多发给他一颗糖果，有时他还大张旗鼓地展开手心向我炫耀；在家的时候，明明我也按时完成作业和预习功课，可妈妈偏偏会说"人家子阳为什么会次次考第一"；在小学的时候，明明我唱歌也很好听，为什么音乐老师总是让宋子阳领唱？我经常表示不服气，但丝毫也掩盖不住那种暗暗的嫉妒型喜欢。

初二的时候，宋子阳因为参加省里的物理竞赛而疯狂学习物理。那段时间，我经过他的课桌前都会看到散落在桌角边的那一摞草稿纸，纸上的演算符号密密麻麻，像是无数颗金星在眼前晃悠。对于我这种理科小白来讲，这种级别的物理题那简直就是"宇宙级难度"。正是这场竞赛分散精力的缘故，宋子阳的成绩跌出了整个年级的前10名，而我却傻傻地偷乐，原来宋子阳也有跌落神坛的时候。

"哼，等我比赛结束后，我会再追上来的。咱们走着瞧！"宋子阳手插裤兜，一脸严肃地对我说。其实对于他比赛后可以重回"神坛"的能力，我是一点儿也不担心的，可我偏要在这时候泼他冷水，让宋子阳也感受一下被人轻视的感觉。

"那下周的征文比赛，咱们比试一下，谁输谁请客，如何？""行，谁怕谁！"我万万没想到，正在为物理竞赛焦头烂额的宋子阳竟然不假思索地答应了。这或许就是知耻而后勇吧，被我轻视的宋子阳想要绝地反攻——我曾试图劝说宋子阳还是竞赛要紧，可他却偏偏不听。

说实话，我也只有写作这一项可以和宋子阳相提并论了。既然宋子阳已经应战，那我也就按计划行事了。我在截稿日期前一天把作文郑重其事地交给了老师，而宋子阳却没有丝毫的动静，对于征文的事只字未提。"喂，答应的事，你可别放我鸽子哈！""放心，一切尽在掌握之中！"宋子阳边笑边说，旋即又投入到物理竞赛题海之中。

第二天，宋子阳如约交上了作文，还在提交作文之后冲我做了一个极丑的鬼脸。"交得这么晚，还在这儿得意！"我低声地说。

三

三个星期后，征文的获奖名单赫然张贴在学校的公示栏，很多人都在围观议论。"喂，获奖名单出来了，你赢了，我请客！"宋子阳趴在我的桌前大声地喊，猛地惊醒了还在犯困的我。

我瞬间来了精神，跑去看公示栏的获奖名单——陈诺二等奖，宋子阳三等奖。那时我高兴得仿佛要飞到天上去，激动的我连忙想要去向宋子阳炫耀，回头转身时却不承想一下子撞进了他怀里，我的心像一股强大的暖流径直地流进冰凉的大海，意外地发生了各种奇妙的反应。

"你怎么不躲啊？"我的脸顿时涨得通红。"你撞的我啊，怎么还成了我的错呢？行啦，愿赌服输，我请客，你想吃什么？"宋子阳依旧手插着口袋，装作很酷的样子。"老规矩吧，这次我要3个草莓味的冰激凌！"

放学后，宋子阳在校门口等我，手里拿着从小卖部买的4个冰激凌，都是草莓味的。草莓味的冰激凌慢慢融化在我的嘴里，一种酸酸甜甜的滋味萦绕在舌尖，冰凉的感觉一下子让我凉快了不少。因为天气炎热，剩余的冰激凌也开始融化，顺着包装流下草莓味的液体，我应接不暇地品尝着3个来之不易的冰激凌，弄得满嘴都是，样子可笑极了。

我完全沉浸在美食的世界里，宋子阳见我狼狈的吃相，突然用手轻轻揩去了沾在我嘴角的冰激凌，那一刻仿佛成千上万颗草莓一齐成熟，空气中散发出馥郁浓甜的香味。我一下子不知所措地愣在原地，不知道该说什么。

"你不要多想啊，我只是想试验一下手指与脸的摩擦力强弱而已！"宋子阳忙不迭地解释着自己的行为。"我信你个大头鬼！"我一边捂着嘴角，一边心里乐开了花。

四

高中的我们被分到了不同班级，但我和宋子阳依旧会在放学后一起回家，即使事先没有约定，也会心照不宣地等待着对方。

高二的那个平安夜，我像往常一样在街口无聊地等待着宋子阳，可天都快要黑了，宋子阳还是没有来。当我打算不再等下去的时候，宋子阳忽然骑着单车出现在了街巷的尽头，慢慢地向我驶来，像是幽深隧道里闪烁的灯光，虽然明灭不定，却格外惹眼。

"这么晚了，你都干什么去了？"我有点儿生气地说。宋子阳从自己的斜挎包里掏出一个精致小巧的礼盒。"今天平安夜，这是送给你的小礼物。学校里的苹果已经卖没了,我跑了附近很多个商店才买到的,为了一个苹果,可真不容易啊!"

那个小礼盒上系着淡紫色的蝴蝶结,还有星星点点的荧光在傍晚的夜幕中闪闪发亮。"对啦,高考后我可能要去外国读书了,圣诞节可是西方的节日,你要记得送我祝福啊。"宋子阳大笑着说。

现在宋子阳早已身处国外,即便平安夜的苹果会缺席,我想圣诞节的祝福再远都不会缺席,因为我与他之间曾拥有过同一个青春。

第二章

谁的青春不迷茫

美丽青春拐了一个弯儿

✎ 萍　萍

一

没有人知道，我选择理科是因为辛鹤鸣也选择了理科。

分班之后班上女生少了，相貌清秀、个头高挑的我自然被众多男生称为"理科班花"。我听到这个名号后，嫣然浅笑，淡淡地说："你们太无聊了。"心底却有似流沙掠过的喜悦。我喜欢被人赞美，如果这话是出自辛鹤鸣口中，那就更好了。当然，我也知道，辛鹤鸣不会说这样的话，如果他会说，他就不是"辛鹤鸣"了。

辛鹤鸣是学校的"宝贝"，理科成绩特别好，高一时就代表学校出去参加了几次理科比赛，数、理、化都获过奖。如果辛鹤鸣仅是成绩好，他对我不会有太大的吸引力，我更不会"亦步亦趋"地跟随他；如果辛鹤鸣仅是阳光、帅气，他对我也不会有太大的吸引力，学校里的帅哥很多，我没必要因为他，放弃那么多对我示好的男生。可他不仅是成绩好，长得又阳光帅气，他对同学还很温柔体贴，这种种的优点集中在一个"辛鹤鸣"身上时，我就无法抗拒了。

二

上了高二，学业更紧张了。辛鹤鸣一如既往的优秀，理科原本是他的强项，在试题难度提升后，辛鹤鸣的优势更凸显出来，考试分数远远把其他同学甩在后面。而我的担心也终成现实，几次考试，我数理化的成绩都垫底了，虽然我的语文成绩遥遥领先，但怎么也平衡不了整体成绩。我心里很失落，也充满了惶恐，我不知道，以这样的状态，我能否坚持到高考。

原本爱笑爱闹的我沉默了，我找不到让自己开心起来的理由。辛鹤鸣对我说："姚星儿，你本不该待在这里的。"我看着他，盯着他有神的眼睛，好半天后，才挤出一句话："我愿意，这是我自己的选择。"他看了看我，欲言又止，最终没再说一句话，摇了摇头转身离开。

我呆呆地坐在座位上，盯着黑板，却什么也看不进去，仿若泥塑一般。我的脸上再也没有了笑容，我想我对他的"喜欢"他一定懂，他却没有理会。

班主任来做我的思想工作，他希望我能早点提出申请，转到文科班。班主任说："姚星儿，你的选择对自己不公平，对别人是一种负担，你知道吗？"我茫然地望着表情夸张的老师，不置可否。"没有人会因为你错误的选择而感动，这是愚蠢的，是极不负责的行为……你明明可以是文科班的优秀生，却到理科班垫底，你觉得一个成绩优秀的学生会喜欢一个垫底的学生吗？"

我彻底傻了，难道大家都知道我选择理科班是因为辛鹤鸣吗？这可真是个愚蠢的举动，想想信任我的父母，想到辛鹤鸣对我说的话，我无法原谅自己。

三

大哭一场后，我以最快的速度向老师交了申请书，提出转到文科班。收拾东西时，辛鹤鸣来了，他默不作声，一直傻站在我身边。

"让一下，别妨碍我。"我忍不住对着他大声吼道。我心里是憋气的，想来这段时间全年级的学生都在看我的笑话吧，强忍的眼泪终于控制不住，扑簌簌地往下掉。

转到文科班后，我逼着自己不再去想辛鹤鸣，每天背英语单词和地理、历史、政治知识点，让自己忙得没有时间整理心情。我想，时间是最好的解药，可以让人淡忘一切。

在文科班里我如鱼得水，我所有的思维都是对的，所有的努力都能看得见结果，特别是在理科班让我垫底的数学，也因为难度下降了，让我重新找回了自信。

有时在寂静的夜里，我会想到辛鹤鸣，他从来都没有错，他没有暗示过我，没有接受过我，更不曾给过我承诺，一切都只是我的一厢情愿罢了，我能恨他吗？或许他也是因为不想我荒废了自己，才对我说我不该待在那里的吧。他没有说错，我怎么可以恨他呢？

四

在紧张的学习中，我要应对没完没了的考试，没有时间再去理会辛鹤鸣，更没空去"恨他"，久而久之，那份心动竟然渐渐淡忘了。直到那次高一的老同学聚会，我们才再次相见。

那个周末的晚上，我因为一些家里的事，赶到同学聚会的场地时已经有点迟了。下了公交车后，我正左右张望，寻找目的地时，没想到同样姗姗来迟的辛鹤鸣把电动车停在我身旁，说："姚星儿你好！好久不见。"

乍一见到他，我顿时慌了神，支吾地说："你——好！"心里面霎时涌起不可名状的情绪。已经半年了，我们都不曾见过面。我感觉到自己的脸火辣辣的，连脖子也开始发热。

"我载你吧，还有一小段路。"辛鹤鸣说。

我稍微犹豫后，还是坐上了辛鹤鸣的电动车。他启动时，我的身体猛地向后倾了一下，手不由自主地搂住了他的腰。

"坐稳了！"辛鹤鸣边说边回过头来。他朝我笑，俊朗的五官，温暖的笑容，一下就让我不知所措，我感觉得到自己的手在抖。

辛鹤鸣随意地和我聊了起来，仿佛我们之间什么事都不曾发生过一样，坦然而率真。我却是一路紧张，心如鹿跳，含糊其词地敷衍他。到聚会地点时，我感觉自己的脚都僵硬了，还好没有人注意到我的异常。

五

回去时，辛鹤鸣骑着电动车提出要送我。我愣了一下，想拒绝，但还没开口，他又说："上来，我有话要对你说。"我小心翼翼地坐上他的电动车，又心慌意乱地轻轻把手揽在他的腰间。

"姚星儿，你去文科班是正确的，你文科底子好，才半年时间，你就迈进前五十名了，真为你高兴，你真厉害！"辛鹤鸣说。

他有关注我？他居然关注了我的成绩排名？我的心又止不住狂跳起来，那他是不是也曾喜欢过我？我不是一厢情愿？想到这儿，心情一下子愉悦起来。

"我知道你劝我去文科班是为我好，对不起，我那时不该冲你发火。"我嗫嚅着说。

"没事，都过去那么久了。现在看见你成绩那么好，我真为你高兴！"

"你是不是不喜欢成绩不好的人？"突然想起班主任对我说的话，我忍不住问了他。

"喜欢一个人和成绩好不好并没有直接关系，但因为喜欢，耽误了自己就不好了……"辛鹤鸣闪烁其词，或许在我们这个年纪，说喜欢这个话题，会很尴尬，特别是我和他之间。

夜风温柔，吹拂我飘逸的长发，也吹散了郁积在我心中的怨气。其实我早已经不怨他了。辛鹤鸣对我说了很多的话，他还问我理想的大学是哪所，以后想做什么……

"加油！姚星儿，还有一年就高考了，我们都要全力以赴……"送我到家门口时，辛鹤鸣看着我的眼睛，很认真地说。他的真诚，我能感知。他从来都不是一个话多的人，但这天晚上，他主动与我说了那么多的话，我很开心。

望着辛鹤鸣骑车的身影渐渐消失在灯火阑珊处，我久久不愿把目光移开，久久不愿走进家门。我要独自待会儿，让自己平静下来。刚才，辛鹤鸣握了我的手，很轻的一下，但我还是触电般浑身一凛。

或许他也是喜欢我的吧，但喜欢或不喜欢又有什么要紧，我抬头仰望夜空时，发现繁星点点的夜色那么美丽，一如我们似锦的青春年华。

你是我青春的一道光

愿做你生命里的向阳花

与非门

一

顾一涵，第一次遇见你是在三月。那时，你站在学校礼堂的舞台上，在唱一首老歌"想把我唱给你听，趁现在年少如花，花儿尽情地开吧……"，声音清澈，歌声入耳让人感觉河水从心头蜿蜒而过。

我喜欢顾一涵，这是藏在心底的秘密。我在宿舍的阳台上种了一株向阳花，我对自己说：林小沫，等到向阳花开的那天就去跟顾一涵表白。

室友苏琳琳在学校图书馆打工，我用一顿必胜客换来了苏琳琳搞到的"重要资料"——顾一涵的借书记录。然后，我从图书馆将同样的书一一借来，坐在图书馆一边晒太阳，一边眯起眼睛看这些曾被顾一涵阅读过的书籍。

阳台上的向阳花已经开始有小小的花苞了，我和顾一涵却连一句话还没有说过。

那天晚上，宿舍姐妹们一如往常在说学校的八卦。

苏琳琳说："你们知道吗，我听王涛说，一次他们玩真心话大冒险时，顾一涵说他喜欢的人是苏瑾。"

宿舍里一下子炸开了锅。

王涛和顾一涵是同一个宿舍的，看来这次情报是真的了。

那天晚上我一夜未眠。

二

那天早晨，我还在睡梦中的时候，苏琳琳的一声尖叫惊醒了我，原来是我的向阳花开了。那天我纠结了一个早上，要不要像当初跟自己约定的那样对顾一涵表白。

苏琳琳在我身边不断鼓动，"林小沫，没见过你这么傻的，感情是要争取的。你每天藏着自己心意，顾一涵怎么会知道有一个女生一直这么喜欢他？小沫，去试一试吧。"

于是那天下午，我还是手捧着那盆向阳花，站在了男生宿舍楼下。不时有男生用奇怪的眼光看着我，我涨红着脸不言不语，只有死等。因为我没有顾一涵的手机号，在我等了两个小时零三十七分钟后，顾一涵终于出现。

顾一涵抱着满满一盆脏衣服，像是要去洗衣房。

我调整了一下呼吸，喊出了你的名字："顾一涵，请等一等。"

你停下脚步，疑惑地看着我。

我抬起头看着你的眼睛："顾一涵，我喜欢你。"

你笑得很好看，是那种标准的露出八颗牙的微笑。

你说："这盆向阳花是送给我的吗？"

我点点头。

这时你说了一番令我很不明白的话。你说："林小沫，你知道吗？对于向阳花来说，绽放并不是它最终的归宿。"

你顿了顿，接着说："你现在把它送给我，有点为时过早，它还没有结出葵花子呢。所以，等它结出葵花子的时候，你再送给我，好吗？到时候，我们还可以一起一边看书，一边嗑瓜子，不好吗？"

顾一涵，我当时真的没有明白，你这算是委婉地拒绝了我吗？可是看着你认真的表情，我只有重重地点了点头。

三

苏琳琳见我还是抱着那盆向阳花回来，就什么也没问，我也懒洋洋地坐在床上想着顾一涵的那番话。

我把向阳花继续放回了阳台，每天疏于打理，倒是苏琳琳每天都在替我浇水，松土。

我开始埋头苦读，发了狠地学习，每天疏于打扮，只穿灰色衣服，因为熬夜做题有很重的黑眼圈。

最近发现总有人给我的课桌里放《高考金刊》，一期不落，每一期扉页上面都有一句话——"加油，林小沫，一个一直在背后默默支持你的人。"

肯定不是苏琳琳，她一直忙着和小男友谈恋爱，根本没有时间去书店买杂志给我。

第三次模拟考试的时候，我的成绩令人侧目，我考了全年级第二，全年级第一就是那个拒绝过我的顾一涵。

苏琳琳说："林小沫，你这是怎么了，学习像轰了油门的越野车一样，一溜烟儿跑前头去了啊。"

我说："你就不要挖苦我了，我是情场失意，没办法才投身学业啊。"

苏琳琳说："也是哈。"

顾一涵，我时常想起你，我想说谢谢你，让我从一场好梦中清醒。

四

阳台上的向阳花，开得越来越盛大，花瓣疯狂地吸收太阳的能量，覆盖自己的悲伤。

五月了，大家都开始没日没夜地学习了，毕竟这一场考试，关系重大。

我也忙于学习，偶尔给阳台上的向阳花浇浇水。曾经的事如同隐匿在水底的水妖一般，总会在夜里浮出水面，让我夜不能寐。

高考那天，我在考场门口碰到了你——顾一涵，你朝我浅浅地笑，仿佛盛夏的一缕清风。

你走过来跟我说："林小沫，加油，我会在背后默默支持你的。"

我忽然觉得这句话有点熟悉，却又想不起来。

考试很顺利，考完最后一科英语的时候，我一边挥舞着酸痛的手臂，一边往外走。我看见顾一涵在门口站着。

我说："顾一涵，你也太狂了吧。那么不把高考当一回事啊，竟然提前交卷。"

你狡黠地笑了笑，不置可否。

我考得很好，那天在家里考虑报考哪所大学的时候，电话响了，是你，顾一涵。

那盆被我扔在角落里的向阳花，它的花瓣已经凋谢，露出饱满的果实。

你说："林小沫，出来坐坐吧，我在公园等你，记得带着那盆向阳花。"

顾一涵，是该对那场望不见尽头的暗恋做个告别了。

我抱着本该属于你的向阳花去见你，想做一个青春的告别。

可是——顾一涵，我真的没有想到会是这样一个结果。

原来，你高三时已经被学校保送去了北大，那次高考你的出现只是为了告诉我，你在和我一起迎接这场战役。

还有，那些一期不落的杂志，是你偷偷塞在我课桌里的。高考那天那句让我很熟悉的话，就是你写在杂志扉页上的话。

还有，原来苏瑾只是你的表妹而已。那次你们宿舍玩真心话大冒险，你说你喜欢苏瑾。是啊，有谁会不喜欢说话那么可爱的表妹呢。

那天你对我说："林小沫，我喜欢你，我们一起去北京读大学吧。"

顾一涵，你不知道这句话是我至今听到的最甜蜜的情话。

顾一涵，向阳花始终向着属于它自己的太阳转动，不离不弃。

顾一涵，我要做你的向阳花……

藏在姓名里的笃信与明媚

陈 璨

一

中考失利，如一场未经预报的瓢泼大雨，哗啦一下，全部落在申遥头上，她还未缓过神，位于郊区的那所中学的录取通知书，已经被邮递员马不停蹄地送到了手里。暑假刚过，申遥怀揣着满肚子苦水，踏进了市 21 中的大门。

申遥眼角挂着还未风干的泪痕，走入教室。"你好，我叫谢一傲。"申遥和这个叫作谢一傲的男生，被安排在倒数第二排角落的座位。"感谢的'谢'，第一的'一'，骄傲的'傲'。"话音落地，申遥扭头打量过去，不屑地说："你很骄傲吗？"她白眼一翻，冷冷地甩了句话。

全班同学到齐，班主任韩老师从人群中走出来，站在讲台前，清了两下老烟嗓："同学们，经过中考一战，血战群雄后，欢迎你们来到 21 中。"

雷鸣般的掌声响彻教室，其中夹杂混乱而兴奋的叫声。显然，每个人都对即将到来的新生活分外憧憬。申遥却嘴一撇，怯懦地将头扭到一边，有种想哭又哭不出的难受。

二

开学后的第一堂数学课，韩老师不慌不忙地从包里抽出一沓事先准备好的试卷。正式开课前的摸底考试，教室里哀鸣声此起彼伏，五十张面容，表情是说不明的五味杂陈。"开始！"韩老师一声令下，哀鸣声戛然而止。

看得出这场考试，韩老师一定精心酝酿了许久。申遥不停地抓耳挠腮，却始终难以下笔。那些根本看不懂的函数，像滚滚黑云，汇聚在面前。一旁，谢一傲紧握笔的手，在白色的试卷上留下了一行行清秀的字迹。

摸底考试成绩公布，韩老师头顶一片愁云。当摊开谢一傲的试卷时，他突然咧嘴笑了，满脸欣慰。"谢一傲，142分。"韩老师向全班宣布。

谢一傲从黑压压的人群中挤了出来，面容上看不出任何波动，班里掌声却分外热烈。回到座位，申遥刻意压低声音："我说，你还真挺骄傲的，那么热烈的掌声，你听不见吗？干吗一副死气沉沉的样子？"连续两句疑问，谢一傲沉默以对。

第一次摸底考试结束后，"谢大神""数学王子"等美名踊跃传出，而谢一傲对这些光环却表现得特别冷淡。在申遥眼里，这个同桌如他名字一般，骄傲至极。

隔天，在学校图书馆，申遥碰见了谢一傲，他正捧着一本英语词汇书，反复背诵，还不忘在纸上来回划拉。申遥瞅了一眼，发现一整页都只有一个单词。"谢大神，你这效率也太低了。"她忍不住打断了专心背书的谢一傲。

谢一傲一脸冷漠地说："没见我在学习吗？"便转身走开。申遥远远地喊了过去："或许，我可以帮你。"

很快，申遥成了谢一傲的英语辅导老师，当然，忙不是白帮的，往后三年，申遥烂成一锅粥的数学，全靠谢一傲来指点迷津。

三

花园长廊一角，申遥把词汇书翻到其中一页："谢大神，背单词，如果仅靠写，实在费时又烧脑。从现在起，你从跟读开始，掌握了正确的发音，就能自然而然地写出来。"

申遥小老师上任后，给谢一傲布置了"天天练"的任务，一天背五十个单词，每天保质保量完成。根深蒂固的方言音，始终像条扯不断的绳子，缠住谢一傲的双脚，令他无法大步奔跑。

利用放学时间，申遥开始以身示教，每一个音能足足教上半个小时，谢一傲的嘴巴，像个不听使唤的弹簧，总是与正确的发音背道而驰。"自信点，你叫谢一傲，第一的'一'，骄傲的'傲'。"望着一脸迷茫的谢一傲，申遥又开始拿他的名字大做文章。

另一边，补习数学时，前一秒自信满满的申遥，路遇函数杀手，纠结得满眼泪水，谢一傲是个极其负责的老师，他会自动屏蔽申遥的消极情绪，抽出一张又一张白纸，边演示，边解读，从第一步到第二步，到第N步。申遥好似在数学的万里长空中寻觅到正确的方向，徜徉在数学世界，眼泪渐渐收起。

期中考试成绩出炉，申遥喜极而泣。她握着取得优异成绩的试卷，四处寻找谢一傲。落日余晖，篮球场前，一个疲惫的身影，落寞地朝着篮球筐奋力出击。

见到申遥，谢一傲猫着腰，脑门顶在篮球架上，一言不发。"一只能展翅飞翔的苍鹰，如果永远只靠一扇翅膀来搏击长空，那它永远都飞不远。"申遥对着满脸丧气的谢一傲，突然像个哲学家，侃侃而谈。

期中考试后，申遥信心不减，驰骋在谢一傲糟糕的英语世界。她笃信，这个数学天才，一定能克服困难，扬起双翅飞向远空。

四

谢一傲跟在申遥身后，用那双覆满创伤的手，悄悄地凿出一条英语世界的崎岖路。手机里循环播放着熟悉的朗读声，申遥圆润洪亮的声音，在谢一傲暗淡的青春路上，化为一片星光。经过时间的酝酿，谢一傲终于能振起双翅御风而行。而这个秘密，他一直没有告诉那个女孩，只因为他想和她永远在一起。

高考前，两人如形影不离的最佳拍档，一排老榕树下，时而传来争辩难题的探讨声，时而传来因为一道难题突然有了解题思路的开心大笑声。

高考已进入最后的倒计时，谢一傲一蹶不振的英语，让申遥痛心不已。"谢大神，我苦口婆心讲了三年，你能不能争口气！""天灵灵，地灵灵，保佑谢大神高考英语逆袭成功！"申遥每天在谢一傲面前，唠叨个不停，谢一傲看着眼前的傻姑娘，忍不住在心里偷笑。

"谢一傲，高考志愿，你准备填哪里？""英语不好，填个普通一本吧。"谢一傲一副轻率的样子盯着申遥。"你呢？""我啊，数学现在不是拦路虎了，那就南大吧。"申遥脑海里浮现出南大，只顾傻乐。

五

或许世间，只要心有所想，就必能成真。申遥做梦都不敢相信，谢一傲居然和自己搭上了同一趟去往南京的列车。南京大学，一个青春梦的开始，亦是一场艰苦奋斗的美好终点。

对于高考英语超常发挥，终于展翼搏击成功的谢一傲，申遥始终笃信是自己高考前的祈祷起了至关重要的作用。而她永远不知道，谢一傲为了她伪装了整个青春。

拿到那份沉甸甸的录取通知书，申遥激动地发信息给谢一傲。"谢大神，你真酷，居然逆袭成功！""你不是说过嘛，我叫谢一傲，第一的'一'，骄傲的'傲'。"谢一傲未曾说出口的，还有由衷的感谢。

跌跌撞撞的追梦路上，他感谢这个带着光的女孩，走进他的桀骜世界，以温暖，以鼓励，以热情，燃烧迷茫，淬炼自信。打开那张熠熠生辉的录取通知书，谢一傲除了看见醒目的贺词，还看见了一个女孩温暖的笑容。那张录取通知书，满载着年少的艰辛与明媚。

你是我青春的一道光

季风吹向大海，到天空之外

文 姝

一

我走进教室时，习惯性地望了一眼赵昱的座位，他一如既往地把书本举到面前，露出了那双狭长的眼睛。

我总觉得他在看我，于是不自在地理了一下耳边的碎发。走到座位后，才听到他在背诵上节课讲解的试卷上的诗词。对于近视的人来说，真的很容易把错觉当成直觉。

赵昱个子不高，长得也不够白净，但是他有种迷之自信，觉得自己就是那"看花东陌上，惊动洛阳人"的白玉少年郎，举手投足间，都能引来女生的倾慕与追捧。然而为何至今没有女生向他表白，他解释说是因为她们过于羞涩。这份狂妄使得全班男生每天早上都要轮番踹他一脚，以此醒脑提神撒撒起床气，也避免新的一天再次被他气到无语凝噎。

其他女生的心思我无从得知，但是赵昱每次戳我后背递纸条时，不管是搭讪还是真心求教，我都会洋洋洒洒地写上一大段。我能把他再次回复我的寥寥几个字各种拆解组合，如果给我一盏烛灯，我甚至会如古人那般，将纸条小心翼翼地来回烘烤。

二

我总觉得，他在字条里面想方设法隐藏了句句不能明说的少年心意。当然，哪怕我的境界已达到看笔迹就能判断他心情好坏，最后也不得不相信，那真的只是非常官方的"已阅，谢赐教"。对于文艺细胞活跃的人来说，脑洞太大真的很容易自作多情。

一天我心无旁骛地做着语文试卷时，赵昱突然往我桌上扔了个纸条，展开只见上面写着，"夏风满黛山，晓窗听斜雨。盈手挂帘幔，美人弄妆迟。——才貌双全诗人赵昱惊世之作"。

平仄不够严谨，押韵也很粗糙，还有模仿古人之嫌。但作为他字迹的资深品鉴师，我一眼就看出里面藏着一句"夏晓盈美"。第一次没有回他纸条，而是用手轻轻捂住绯红的脸颊，忽觉有些美妙的韵律，正层层荡漾在心底。

三

二轮模拟考试后，我正整理着有些凌乱的桌面，一只手伸过来，直接拿走了放在最上面的某本刊物。我抬起头，赵昱正饶有兴趣地翻看。

"这是你写的文章吗？快让我拜读一下。"他如获至宝地将刊物拿到座位上。我抱着笔记走到他身边，在高高的书堆后，歪着脑袋陪他一起看。

他一字一句读得很慢，还不时地和我探讨。教室熄灯后，他甚至从兜里掏出一个袖珍的手电筒，在微弱的光线中，继续细细品味。

因为戴了眼镜，赵昱看上去有种民国少年的书生意气，收敛了白天的那份张扬不羁，生出了一种淡淡的疏离感，显得更加俊朗，令我移不开视线。

大概是我们自动屏蔽了周围的喧闹嘈杂,等我们说笑着准备离开时,发现粗心大意的值日生竟把我们锁在了教室里。

四

"你们在干什么!"咆哮声震耳欲聋,教导主任正巧路过,刺穿黑夜的手电光束扫在我们脸上。我吓得直哆嗦,出了一身冷汗。

"老师,我们就是学习太投入被锁在里面了,您快请我们班主任来开门吧。"赵昱又回到那副欠扁的姿态。

教导主任怒气冲冲地去找钥匙后,赵昱三步并作两步跑到窗边,转身向我伸出手:"快上来!你从这里出去。"

"那你怎么办?"我欲哭无泪。

"我是个男生,最不需要面子这东西了。"我哆哆嗦嗦地伸出手,他一把将我拽起,我刚踩到对面的镂空矮墙,他便在身后关了窗。那一晚我辗转反侧无法入眠,他手掌心的温度似乎还在,我紧紧握着拳头放在心口,最后迷糊地睡去。

五

第二天我早早地来到教室,发现他依旧把书本举得高高的。我忐忑不安地坐下,便看到文具盒里夹着一张字条,上面只写了个"妥"字,我这才长长地呼出了一口气。不晓得他当时在老师面前怎样巧舌如簧。

班主任来上课时,也只是嗔怪地白了我一眼,在我身边转悠时说了句:"放学后早点回去睡觉,休息好才最重要。"我有些心虚地点点头。

后来想想,大概那时赵昱成绩的节节高升大家有目共睹,而我坐在第一排与学习死磕的那股劲,也是到了令人发指的可怕地步,所以才能让班主任他老人家放心的吧。

但我没想到,新年后返校,我们便形同陌路。起因很简单,寒假时,我以往写给他的纸条被他妈妈发现了。上面的话语大大方方,但是一个敏感的妈妈却从里面嗅到了危险的味道,尤其是一个整日劳作的单亲妈妈,在这种严峻的厮杀时刻,更是警铃大作。

六

这是一个非常俗套的故事情节,倘若在任何影视剧里出现,都会引起观众的一片嘘声,但它却是年少情愫里最致命的一击。在那段苦闷压抑的岁月里,所有学习之外的心情都必须狠狠克制,它们只能卑微无力地缩在心里的一角,直至凋谢枯萎。

我不知道他与他妈妈进行了怎样的交谈,只知道他后来不再把书本高高地举起,每次进教室,他都在奋笔疾书。我们再也没有传过纸条,甚至不得已面对面时,都是沉默擦肩。

高考后,我南下,他北上,相隔千里远。我还是忍不住辗转打听了他的联系方式,在许多个周末,凭着一张火车票,"咣当咣当"地来到他的学校。

很多时候,我们都默默无言地坐在食堂吃饭,然后在校园里一前一后地走着。他依旧是那副带点儿嘚瑟的姿态,和偶遇的同学插科打诨,对他们的调侃脸不红心不跳地反击。

可我隐隐觉得,有些东西已经不复存在了,随着拘谨懵懂的中学时代远去,它们结束得莫名其妙,却又在情理之中。

七

直到某次吃饭时，赵昱突然用开玩笑的语气说："你文采那么好，帮我写封情书呗。隔壁学院有个女生，长得不错，我想追一追。"

我不急不忙地吃完饭，用纸巾擦了擦嘴巴，带着露出八颗牙的完美微笑说："术业有专攻，我只钟情于山水风景，实在写不来你与姑娘们的风花雪月。"

这应该是我最后一次主动去找他。赵昱的大学在一座海滨城市，我坐在沙滩旁的台阶上放空，栈桥上是来来往往素不相识的年轻笑颜。就像季风每年都会如期吹向大海，这座城市每年都会迎来一群朝气蓬勃的面孔。

那他们中有青梅竹马吗？是在最美的年纪相遇吗？我不得而知。他们大概也无从知晓未来，只是一步步演绎那些有哭有笑，有牵绊也有释怀的青春故事。

可能我们都长大了，人生轨道已经岔开很远，谁还会站在原地等待，仅仅是为年少时那段拧巴晦涩的暗恋。时间真是个让人猝不及防的神偷，它偷走了曾经单纯却勇敢的我们，直到某一天，有人已不再是我的少年。

那首附庸风雅的稚嫩藏头诗，那次情急之下的牵手，那些长长短短的纸条，纵是唏嘘感叹，也都已是手写的从前了。

"假若他日重逢，我将何以贺你？以眼泪，以沉默。"我想，还是以怀念吧。

教室的那一间，花开的那一天

王树霞

一

"天啊！纪文亭在看我！"在一次每月例行的换座位后，我正站在窗边整理书本，闻声抬头，发现纪文亭正搭着同伴的肩膀轻快地走来。他望向窗户这边时，突然轻轻地笑了一下，笑得人脸颊绯红。我慌乱地垂下眼帘，没发现课桌整得更乱了，却尽量把自己的腰挺得绷直。

"他……他在对我笑！"女生甲捧着脸，一副花痴模样。

"什么在对你笑，他在看我！"女生乙反驳。

"醒醒吧你们，他明明是在看雅雅。"女生丙进行实时弹幕评论。

她这句话字字普通，没有运用任何修辞手法，可伤害力却极大，让本来幸福地飞成天边烟花的女生们，突然间就失去笑容。

此时我偷偷看了看雅雅，她正端坐在座位上，望着我笑而不言。欸，我……我可没把心里话说出来，她为啥看我啊？我心虚地朝她咧一下嘴，便赶紧转过脸去。

据说，雅雅和纪文亭两家是世交，说不准，真的如影视小说里那般，早已定了亲。每天中午，大伙去食堂打饭时，他们两个人就大大方方地站在食堂门口说笑。纪文亭会低头温柔地看雅雅，雅雅则会扬起小脸笑意盈盈，这完美的身高差真是羡煞旁人。

二

好看的男生，是所有颜控女生的菜，包括我。还记得第一次遇到纪文亭的那个傍晚，我刚参加完市里的作文大赛。在放学的喧嚣背景音中，我在校门口小卖部的拐角，被一个人直直地撞上。

我痛得反射性仰头，就看到一张白净清隽却表情寡淡的脸。他本能地用双手扶住我的胳膊，额前有碎发飞扬，我甚至能感受到他清浅的气息。虽然他歉意地微微点头，便与我擦肩而过，我却一路上捂着狂跳的心没缓过神。

从此以后，纪文亭就成为我偷偷藏在心里的名字，但凡他的眼神在我身上停留一秒，就能激发我创作的灵感，脑补出一部讨论量过亿的青春小说。

没多久，学校选拔了一批学生参加语文知识竞赛，那天，我和班里几个被选上的女生，在教学楼前的冬青旁闲聊，顺便等待下节课的培训。无意间抬眸，发现纪文亭正站在门口几个男生背后，踮着脚伸长脖子往这边望。

我赶紧看了下身旁，果然不知何时，雅雅已站在我们当中。所以，纪文亭应该是在看她吧，她那么端庄大方，温柔可人，哪像我，高大威猛不说，还因为青春期激素分泌不平衡，在嘴唇周围长了圈男生才有的胡子。我突然觉得心里涩涩的，于是立马转身回了教室。

脑补再多又有何用，哪怕给自己加的戏超越琼瑶剧女主角，碾压晋江文学女一号，也终究敌不过自己只是一个毫不起眼女配的现实。

三

培训课上，雅雅坐在左边第一排，我坐在第四排，纪文亭在我右边的位置落座，我们之间隔着一条过道。

"嘭！"一声巨响打断了老师的课，大家寻声望去，发现我旁边的窗户被球击中，玻璃龟裂了，却没有掉落下来。巡逻的保安已经在处理相关事宜，为了安全起见，老师让我们这列搬着桌子挪到过道，于是这节课我就和纪文亭成了同桌。

离得这么近，我突然无法管理自己的心跳了，深呼吸了好几次，才勉强不让握笔的手乱抖，可眼神总忍不住往他的方向瞟。他听课的样子很端正，低头写字时细碎的刘海微微遮住了眼。

这大概是现场直播偶像剧吧？都说人生向前迈开了一大步，我这根本就是双腿大劈叉呀！"好好听课，不要走神。"细不可闻的轻笑后，一个温润低沉的声音冲击着我的右耳膜。

糟了！我好像把心里话说出来了！我慌乱地瞥了他一眼，他迷人的侧脸让我有一瞬间的窒息，随即回神，尴尬得脚指头都要抓破鞋底，在地面抠出一座魔仙堡了，只能红着脸在本子上胡乱画着。

四

不行，我一定要在纪文亭面前挽回我碎落一地的面子！于是我立马换了一副面孔，开始化身语文知识全能之星，积极地举手，回答时旁征博引，回答问题的完美程度呈指数增长，连前排雅雅都频频侧目。

也许，纪文亭听过我的名字呢！因为有同学说，老师经常在他班里夸我的语文成绩好，而我写的作文也一再被当作范文，打印出来在全年级传阅。

我在老师的赞誉和大家的惊叹中心满意足地坐下时，不由得又偷偷看了看纪文亭。他依旧坐姿挺拔，本在修长手指间流畅旋转的笔掉在桌子上，他拿了几次都没拿起来，可那嘴角微微翘起的弧度却让我失了神。

时间飞驰而过，刚还是一片碎琼乱玉，转眼便春光融融。大概不想辜负这个春景，我们年级组织了一次春游，据说去的是一处原生态的乡间村落，那里有很多野生草药，说不定，还能看到小兔子和小刺猬。

五

山间充满了诗情画意，高高低低的山坡上，花儿开得铺天盖地，宛若仙境。大家都很兴奋，边走边折了柳枝花藤编戴在头上。我突然僵了脚步，哆哆嗦嗦地指着不远处发出一声尖叫。"怎么啦？"大家回头着急地问。"蛇……好大一盘蛇……"

话音刚落，手腕处便多了一丝温热的触感，一道人影挡在我面前。我慌乱中抬头，竟是纪文亭！看得出，他也很紧张，正一脸煞白地盯着那条蛇，但是握着我手腕的力道却丝毫不曾松懈。

"天啊，我们快跑！"一群人草药也不挖了，小兔子也不找了，全部撒开脚丫狂奔。我被纪文亭拽着，跟跟跄跄地往前跑，一直跑到有几户农家处才停下来喘息。

"给。"眼前的手掌心上，赫然躺着两颗巧克力。"甜食会让人心情愉悦。"他认真注视着我，一瞬间让我有温柔缱绻的感觉。"谢……谢谢。"还未安抚好的心又开始狂跳，我努力让自己的坐姿像个淑女，还偷偷整理了一下放飞的刘海。

这个村庄景色极美，有清澈的溪水，古朴的木桥，几树梨花肆意盛开。暖风吹过，花瓣不断飘落在我们身上和脚边，又被卷到空中轻盈地飞舞。

六

突然有人轻轻拽了下我的马尾辫。我回头一看，是雅雅！我一下子站了起来，脑海中的浪漫偶像剧瞬间变为刀光剑影的宫斗剧。雅雅看着我们温柔地笑："英雄救美啦？哥。""哥？"我惊愕地张大嘴巴。

"嗯，比我大几个月的表哥。我哥从开学那会儿市里的作文竞赛就开始关注你了，那次你是一等奖吧？那天放学，他鼓起勇气想找你，却因走得太急撞到了你，直接把准备了好久的话撞没了，只能每天中午吃饭时，向我打听你的点点滴滴。"雅雅调皮地眨眨眼。

我不可置信地看了看纪文亭，他玉树临风地站在那里，可是耳郭的红晕却出卖了他。

啊，梦想照进现实，我这个五大三粗其貌不扬的普通姑娘，也能拿到女一号的剧本！

你是年少的欢喜，也是余生的四季

树 霞

一

"嘭！"一个沉闷的声音惊醒了我香甜的美梦。我狂躁不已，一脚踹开被子，穿上小猪佩奇家居服，粗暴地拉开窗帘。

"糖果果你看，我堆的这个雪人，像不像你这只猪头！"林奕在楼下院子里用力挥舞着双手。我随手拿起昨晚熬夜追剧时剥下的柚子皮，狠狠地朝林奕扔过去。

"林奕你个祸害！""啊！糖果果你不要乱扔垃圾！"林奕一个闪身，躲过了袭击。"林奕你竟敢躲！"我又拿起奶奶晨练时用的太极剑，气冲冲地奔下楼。于是一大早，院子里就上演了一部佩奇将太极剑挥舞成雪花神剑，对着一个人狂追不舍的乱炖穿越剧。

正如各位看官所见，我和林奕是一对冤家。当我俩还在幼稚园时，他扯坏过我的布娃娃，我摔烂过他的脚踏车。小学时，他曾在我发完作业回座位时，抽走我的板凳，我也曾在他经过身边时，一个扫堂腿让他摔趴在地。

到了爱美的年纪，我穿上亲戚送的钩织镂空罩衫满心欣喜，他却指着我哈哈大笑："糖果果你是穿了一件渔网吗？"我抱着双臂，对照着镜子摆弄头发的林奕冷笑："别照了，魔镜就算跳桌子碎成八块，也不会说出违心的话来。"总而言之，这么多年相处下来，我俩是和好五分钟，互损两小时，完全浪费了青梅竹马这个浪漫至极的文学设定。

二

说来也奇怪，从小到大，我怎么都甩不掉林奕，每次分班，他都能坐在离我不远的座位上。就比如这次文理分班，我在出门前各种祈祷，千万不要再和林奕分到一起，谁知在宣传栏张贴出的名单上，我一眼就看到"林奕"两个字在朝我龇牙咧嘴。

放学后，我推着自行车慢吞吞地走着，突然后车轮被人重重地撞了一下。"你今天怎么不等我啊？""一想到在理科班还要每天看见你丑陋的嘴脸，我就想去饭店买份黑暗料理毒死我自己。"我无精打采地哼哼。

"你就那么讨厌我吗？"此刻中毒的仿佛是林奕，说话比我还有气无力。"停停！"我赶紧把手挡在眼前，"你还是和我斗嘴吧，装什么深沉！"林奕又开始嬉皮笑脸。

一周后的数学课前，我耷拉着眼皮翻开课本，里面夹着的一枚书签却瞬间让我睁大了眼睛。风干的芙蓉花被塑了封，本应挂穗的地方却缀了句："我希望你如夏花般绚烂。"

这是什么偶像剧的桥段！我用手掩住因为惊喜而过分张大的嘴巴。比起花，我更欣喜于书签上遒劲有力的书法，一看就是出自行家之手。

三

好心情延续到了接下来的体育课，其他女生还在哼哼唧唧地做仰卧起坐时，我却撸起袖子表演了一套娴熟的俯卧撑。突然眼前一黑，一件汗臭的校服扔到了我头上。"糖果果，你还是个女生吗？啧啧，这肱二头肌都有了吧！"林奕的嘲讽不合时宜地出现。

我把正喝水的他拉到台阶上坐下，神秘地说："我好像被人暗恋了。"林奕嘴里的矿泉水喷在阳光下，形成一道微型彩虹。他的白眼快要翻到后脑勺了："这是哪个不开眼的人，太丢我们男生的脸了！"

"你看这书签，少见的瘦金体，运笔灵动，瘦硬通神！可比你那歪七扭八的蚂蚁爬字好看太多！"

"啥玩意？瘦金？没钱就说没钱不行吗？还有，不要踩一捧一！"林奕被我贬低，一脸鄙夷。

话不投机半句多。"我们书法界的高尚情操，你个写字潦草的土鳖懂啥？快帮我研究一下是谁的字迹。"林奕放下水，戴上眼镜仔细地研究起来。刚打过球的他头发被汗水洇湿，刘海有些凌乱，显得棱角分明的脸庞更加冷峻。别说，林奕认真起来还挺帅气的。

四

打住！我在花痴什么？明明有个更优秀的男生在等我揭开面纱！我疯狂地摇晃着脑袋，想把刚才的想法淹死在脑浆里。一睁眼，林奕正惊恐地看着我。

"糖果果，你疯癫了吗？"

"用你管！快说看出什么没有？"

"这刚分班不久，除了你的啥小篆，别人的字迹我也不熟悉啊！"林奕摊手道。

也对。我啃着手指甲思考着。突然灵机一动，我嘿嘿地笑了起来。

教室门口外，林奕生无可恋地搬了个板凳当起了看门大爷。教室里，我正鬼鬼祟祟地翻看大家的书本笔记。趁着体育课同学们不在，我决定发动尚不熟稔的侦探技能。

可惜翻找过半，也没有得到满意答案。难道我已经美名远扬，在兄弟班都有了粉丝？我捧着绯红的脸蛋翻开了林奕同桌的本子。

"有人来了！"林奕忽地从凳子上站了起来。我慌里慌张地合上本子，想赶紧出教室，一转身却被凳子绊倒，直挺挺地向后倒去。

五

可是预料中的疼痛并没有从身后传来。我疑惑地回头，发现林奕当了垫背，替我撞在了后面的课桌上。

"林奕你没事吧？"我握着他的手腕，赶紧问道。林奕没有说话，他低头看了看我的手，有些愣怔，我不自在地把手松开。

"姑娘家的，别动手动脚。"

我朝他狠狠甩出一掌："你的任督二脉已被本座打通，赶紧盘腿调息吧！"说罢甩头就走，完全不顾他在后面的哀号。

第二天下午化学实验课，大家都去实验室操作瓶瓶罐罐了。我逮着机会再次偷摸回到教室，经过林奕座位时，我心血来潮，准备在他的周记上画个大猪头，谁让他昨天吓唬我。我发出邪恶的笑声，把魔爪伸向他的书本。

啧啧，这书桌里乱得像狗窝，我忍不住摇头。可是翻着翻着，我便僵住了手指，随之便如木头般愣愣地戳在那儿。窗外明明是阳光明媚，我却觉得头顶炸了个响雷。

我已经好几天没等林奕一起回家了。所以，当林奕骑着自行车，猝不及防地在我面前漂移停下时，我差点儿就撞上他。

六

"糖果果,你又抽什么风?"林奕一记爆栗弹在我脑门上。

我深吸一口气,直直地盯着他:"林奕,我找到你口中那个不开眼的人了。"

"啊……哦。"林奕躲过我的注视,胡乱地按着车铃。

"他的书桌深处藏着一本字帖,练习本上用瘦金体写满了'糖果果,你是年少的欢喜'。真是不开眼啊,为了我这样的女汉子,他居然偷偷练字了。"我自嘲道。

"那,那你想怎样回应那个不开眼的?"林奕抬起头,目光灼灼地看着我。"把那句话倒过来念,就是我的答案。"我快速抛下这句话,骑上车就跑。

过了好久,林奕才追上来。"糖果果,你还是女生吗,骑得比我都快!"

"林奕你赶快奋起直追吧,英语成绩那么差,怎么和我上同一所大学!"

"得嘞,小的以后一定闻鸡起舞,悬梁刺股!"打闹的身影渐渐远去,一阵风吹过,路边的叶墙层层叠叠地抖动,空气里都是沁人的花香。

嘿,你是年少的欢喜,倒过来念也是。

那个先我一步逃离的少年，你还好吗？

陈亚娜

一

第一次见到林夕，是在学校体育馆的空地。

时已深秋，那块废弃土地上的杂草发疯似的开始枯败。风吹动梧桐树的枝丫然后掠过杂草丛，梧桐叶落的声音与草丛翻动的声音交错，有种说不出的诡异。所以，当我的脚踩到一个软绵绵的物体上，我惊慌失措地叫了起来。

"哎，你干吗叫啊？被踩的人是我。"下一秒，从草丛里传来一个人的声音。

我壮着胆子转身看去，一个男生躺在地上。

男生穿着有颗大大的五角星的T恤，手里拿着个单反相机。他的头发理得很干净，不同于学校里其他男生，他的皮肤很白，白得甚至耀眼，让我不能直视。

"同学，对不起，没看见你。"我抱歉地看着他。

"没事。"男生看了我几眼，然后自顾自摆弄着相机。

"你在干什么呢？"我有些好奇他为什么要躺在地上。

"拍天。"他看着我眉头微微蹙了起来。

我看着依旧躺在地上的林夕，又看了看他手中的相机，不知为什么也在他身边躺下来。我从来就没有想过自己会躺在一片荒地上，身下没有柔软的草皮。我几乎可以想象自己校服背面脏兮兮的样子。

可是，以那样的角度看去，那些疯长的野草几乎遍布了整个视野，它们直指云霄，有种说不出的狂野，夕阳的余晖映在天边，雁阵从我们的上空飞过。

"很不错吧。"身边的男生稍稍舒展了眉头，温和地说着。

"呃……感觉像是拥抱着整个世界。"

二

以平躺的角度所观望的天空，丛生的杂草，结伴而行的雁群，属于林夕和扬善的共同仰望。就这样，我莫名其妙地和林夕混到一起。在我躺在那片荒地，张开双手幻想拥抱着蓝天、雁群乃至整个世界的同时，我的世界也为林夕敞开。

再没有人像我们那样疯狂地痴迷这片荒地。我们漫无目的地走在这被所有人遗忘的土地上，邂逅一只只猫咪。阳光温柔地落在猫咪柔软的皮毛上，我感觉所有的一切都散发着温暖的气息，世界变成了一个金色的童话王国。

我把在那个地方所看见的景色以及那最初的触动都写在文章里，林夕一次次地按着快门将那些温暖的色彩定格。校刊里我的文字与林夕的摄影巧妙地搭配在一起。

"你看，我们是搭档关系。"我指着校刊上那处"文/扬善，摄影/林夕"高兴地说着。自从遇见林夕，我总觉得有很多事情值得开心。可以肯定的是，我喜欢林夕，我喜欢林夕澄澈的目光，以及他身上明朗的气息。

三

更多时候，我和林夕会把自己藏在草堆里用石子挖坑。有时候是他说一些岩井俊二的电影画面，他说他最喜欢《关于莉莉周的一切》里的那片麦田，纯粹的绿色让他遗忘很多东西。我告诉他，我喜欢在睡前的时候听帕格尼尼的协奏曲，并且深深迷恋小提琴。

我们相互倾诉，相互倾听。然后当我们无话可说时，便随手丢一个小物件在坑里，将其深埋。这是一个游戏，或者说只是一个消遣。对于在何处挖坑，埋藏何物，我们都不做讲究。一切都不过是挖泥土游戏的延时赛，我和林夕只是懂事地知道要将自己挖的坑埋好。真的，没必要在乎我们到底埋下了些什么。

但做这些事的我们，多少是想要埋葬些什么吧。

"扬善，有时候，我真想把自己埋进去。"说这话的林夕正煞有其事地将自己的左手放在坑里。

"你想死？"我挑了挑眉，看着林夕用右手将泥土覆盖在左手之上。

"不，不是的。"林夕抬起头看着我说，"我的意思是，想要让自己扎根在一片土地上，就像稻草人一样，不再流浪。"

风吹过草丛簌簌作响，如同一首音律简单的童谣，在日光照射下暖暖地唱着。林夕埋着头继续着他的游戏。一旁的我望着林夕，努力地想象着一个叫林夕的稻草人站立在一片平芜之中，他的头发，他的白色T恤都在昏黄色的阳光下变得黯淡无光……

四

我的父亲是一名军官，他在很久以前因公殉职，是妈妈一人将我抚养大。所以，我一直努力地按照妈妈期望的样子生活，上重点初中，考重点高中，将来还要考上名牌大学。这条路让我很压抑，但我明白我不能逃离。

六月，比我们高一届的学长迎来了高考。最后一节晚自修时他们发疯似的在教学楼里呐喊，将撕得粉碎的试卷从楼上扔下来。坐在窗户旁的我打开窗，任纸屑随着风在教室里纷扬，难过得想要哭泣。

跑出教学楼的时候，我看见同样偷跑出来的林夕。

我们又一次来到老地方。夏夜里的草丛蚊子很多，但我和林夕还是像第一次见面时那样任性地躺在地上。地上有水汽，很湿，校服湿答答地贴在后背上，知了的叫声在静谧的夜色中不肯停歇。

我眼睛一眨也不眨地望着天空，感觉夜空也在流泪。

"扬善，我很怕考试，更怕高考，它们像是惨烈的战争，我总觉得自己会输。"林夕起身离开的时候说了这么句话。我看着林夕的背影颇为不解，排名总在理科前三的林夕还会害怕高考失败吗？

那一天晚上，我梦见夜色里一只小舟静静地航行，突然天边一片红光涌来，是密密麻麻的箭阵。箭镞上的火光照亮了小舟，舟上是密密麻麻的稻草人。箭镞抵达之际，火光冲天。大火烧完了我的梦境。

五

在那之后，我很少遇见林夕了。

我忙着复习，忙着准备期末考，忙着一切的一切。偶尔想起梦中被火点燃的稻草人时，会莫名心悸。我不知道那个梦境有何隐喻。我过着与那片草地所背离的生活。很多时候，我忘了它，忘了林夕，忘了自己。我太忙了。

得知林夕离开是在九月开学初，听同学说理科班的林夕离家出走了，据说是因为考试作弊被抓。

"嘻，真想不到他会作弊。"同学啧啧地感叹着。

我看着他说不出话来。我想问他，难道他没有作过弊吗？

突然想起林夕说他自己害怕考试。原来是真的。那种即使自己有能力考好，却还是害怕出什么万一的心情，大家可能都有吧。林夕是这样，我也是这样。

害怕考试，可是，却不得不为身边人的期望而努力，如同草船借箭里的稻草人，在步步为营中，取得胜利。

那个初见时躺在地上仰望天空的林夕，其实一直是迷茫的吧。关于考试，关于成绩，关于未来，他一直无法抉择。

而他最终选择离开。

六

很久很久以后，我习惯在睡前翻看一打打的明信片，它们来自西贡、墨脱、塔克拉玛干等不同地方，却都携带着林夕的笔迹。

直到现在，我才发现，对于林夕，我所知并不多。他的家庭，他的遭遇，他的决心，所有的一切他都未曾对我说过，哪怕是现在。

那时，那个少年到底是怀着怎样的心思离开的呢？

林夕不说，我也不问。

手绘鞋知道所有的秘密

陈艳丽

一、白色帆布鞋

第一次遇见杜墨是在高一上学期，当时正值金秋时节，风吹过来让人感觉凉丝丝的，阳光给整个校园抹上了一层温暖厚实的油彩，桂花的香味弥漫在空气里。十六岁的我穿着手绘帆布鞋走得张扬又骄傲。突然看到前面一个男生，穿着一双没有经过任何装饰的白色帆布鞋，不由自主地被那双鞋吸引了目光，跟着他走完了长长的一条校道，在校门口男生冷不丁停下脚步，转过身来面对着我，我被迫站定，警惕地把目光从他的鞋上转移到他的脸上。

只见他英气的眉毛向上一挑，问："同学，你是不是有什么事？"

我与他的距离近在咫尺，我的眼睛对上了他清亮的眼神，就在那一瞬间，我大脑里一片空白，张张嘴却忘记自己想要说什么了，只听到自己一颗心"扑通扑通"跳得飞快，我吐了吐舌头，转身落荒而逃了。

我想，大概是因为我太过紧张，加上对他穿着的鞋耿耿于怀，所以才会这样。

二、我有手绘情结

十六岁的我，有手绘情结。

在美术课上画画时，我喜欢在自己的校服衣领和袖口上，偷偷涂鸦上小小图案，穿着这样"小心机"的校服，走在校园里，内心满是得意和隐秘的快乐。

以前，我也在校服上大胆"动过手脚"，但由于图案偏大，虽然在校园里引来了不少惊叹声，拥有百分百的回头率，但很快就被班主任发现，班主任把我叫到办公室去反复背诵校规。我只好回去央求父母把校服换新，然后在校服的暗处和细节处涂鸦。

有一天，我在网上看到手绘帆布鞋。那些或个性，或可爱的图案，让我喜不自胜。我即刻入手三双白布鞋，一鼓作气在鞋上画出了喜欢的图案，还送了一双给我的同桌兼好朋友于小安。

于小安当时捧着手绘鞋爱不释手："这也太好看了吧。"惊叹了一整天。得到于小安的称赞，我一发不可收拾，给每一个要求在鞋子上手绘的同学都画上喜欢的图案，来者不拒，当然，去者也不留。

学校规定不让在校服上面涂鸦，可并没有规定不许穿有手绘图案的鞋子。于是整个校园刮起了一阵穿手绘鞋的风潮，我们踩着手绘鞋行走在校园里，就像拥有了一整个春天。

三、杜墨，是一个意外

一个星期过去了，我终于还是没忍住，和于小安偷偷地打听，原来穿白色帆布鞋的男生名叫杜墨，在高一（五）班，身高一米七七，喜欢读一些科普类书籍，也沉迷动漫书，他常常跟身边的人谈论金字塔、未来科技，以及宇宙、星空等话题。

在第一次月考中，杜墨作为年级前三，在台上演讲了如何快速将初中学习方法切换到高中阶段的经验，后来又在校园的操场上接受了校报采访，我装作路过，在那里站了近一个小时，把他的讲话录了下来，然后每天晚上都听着他的声音进入梦乡……

我还知道，杜墨喜欢喝校门口的原味奶茶，于是我趁着午休，买来同款奶茶，喝得不亦乐乎，只要跟杜墨有一丁点儿的交集，都能让我一整天元气满满。

我身边的朋友，都是穿着手绘鞋迎风奔跑的孩子，杜墨就像他穿的那双白色帆布鞋一样，纯净、安静、阳光，是我生命中的一个意外。

四、我平均每天向于小安提十多次杜墨这个名字

高一第一学期快结束时，我的日常还是在制造着各种机会"偷瞄"杜墨当中，包括但不限于多班一起上体育课时偷瞄、课间时偷瞄、食堂吃饭时偷瞄、路过五班时偷瞄……

于小安每天上学都处于迟到的边缘，我却总是能够做到早到迟退，还特别开心，因为能见到杜墨。而且，据于小安不完全统计，我平均每天要向她提起十多次"杜墨"这个名字。

每周两个班都会一起上体育课，我会早早拉着于小安去操场，美其名曰积极参加运动，其实是因为杜墨要在那里跟其他男生一起打篮球。看杜墨在篮球场上奔跑跳跃，是我最幸福的时光，虽然我只能"偷瞄"，但是嘴角总是却藏不住笑意……

正出神时，于小安猛然凑过来，对着我的耳朵说："你这么喜欢杜墨，为什么不找机会告诉他？再不表白，过两个星期就放寒假了。"寒

风阵阵，一片枯叶飞过来，落在脚边，可我还是听见自己在内心发出了一声叹气。

五、丢了手绘鞋

一晃，离放寒假只剩下两天时间，我终于在学习之后，抽空入手一双白色帆布鞋，并画完了杜墨的卡通形象。

那天上午上完早自习之后，我鼓起有生来以来最大的勇气，写了一张匿名纸条，借口去五班找同学要画样，悄悄把纸条塞进了杜墨书包侧边的小口袋，内容是约他放学之后，在学校门口的奶茶店旁边见。

可是，那天放学之后，我没有等到他的出现，却看到了学校的纪律主任在校门口巡视，慌乱的我左躲右藏，居然把要送给他的鞋子弄丢了。

六、后来

后来，我们只能偶尔在楼梯间遇到彼此。因为我弄丢了写有杜墨名字的手绘鞋之后，就固执地认定自己不能再喜欢他了，尤其是在知道杜墨原来是纪律主任的儿子之后，我再也没有动手画过手绘。

七、你曾是我十六岁时，眼中的光亮

后来有一天，我和杜墨在楼梯间相遇。他在上面那一段的阶梯上慢慢走着。我像初次看到他时那样，跟着他看着他的背影慢慢上楼梯，这一次，他还会突然停下脚步，用如水般清澈的眼睛看着我吗？想到这里，我很突兀地喊了一声："杜墨。"

他转过头来看我一眼，轻轻地笑了一下，阶梯和栏杆遮住了他半张脸，他连一句"同学，你是不是有什么事"也没有说，就迈开步子，走过转角不见了。

"是啊，他又不认识我，我太傻了。"我正站在原地愣愣地想，然后一个精致的合页本就突然出现在我面前，杜墨的笑脸再次出现在我的视线中，他的眼睛依然闪着智慧的光亮。

没错，这一天，我们从高中毕业了。大风吹在校园里的草坪上，吹在教室的楼梯间，吹得杜墨身上的校服"猎猎作响"，我们都即将离开这个学习了整整三年的地方。

我在属于杜墨的留言本上写了一行字，又后知后觉地把自己的留言本递给杜墨，然后交换过来，我们一起打开，相视而笑。

我写的是，你曾是我十六岁时，眼中的光亮。

他写的是，谢谢你送给我的手绘鞋，我很喜欢。

十六岁的青春，我以为就此天涯别过，却没想到丢失的那双手绘鞋，竟被纪律主任捡到并转交给了杜墨，还告诉了他我的名字。

时过境迁，我不再是那个执着于用手绘来彰显自己个性的女生，手绘鞋的故事阴错阳差地没有机会展开。只是，杜墨的出现，依然让我满脸绯红、思绪万千。

从此时光荏苒，我只愿他此生无忧

王树霞

一

那年9月，教室前的合欢树枝繁叶茂、荫翳蔽日，花朵在假期里纷纷扬扬落到地上，积了厚厚的一层，上课时，常有鸟儿大胆地飞下来啄几口花泥。教室后面是镂空的半矮墙围起的植物园，经常有树枝从葱茏叠翠中弯下腰来，好像要一睹教室里的新面孔。

已开学一个多月了，我大部分时间就是坐在座位上看书，或者站在合欢树下诵读英语。但女生的直觉相当敏锐，当肖娟和她同桌总是一起凑着脑袋嘀咕，还时不时对坐在后排的我挤眉弄眼时，我便笃定，她们是在讨论我。

我摸摸自己的脸，没有饭渣；低头看看宽大校服，穿得整整齐齐，没有走光；想想自己一直独来独往安静学习，没有和哪个男同学传出匪夷所思的绯闻。究竟是哪里出了纰漏？

一个课间，肖娟拿着课本装作请教问题，毫无预兆地转头对我说："我跟你说个事，就是有个男生很想和你做朋友。可是……他辍学了，但和我们一样大的年纪，我们两家是邻居。"肖娟小心斟酌着词句。

二

我一听，立马蒙了，按偶像剧剧情走向，不应该是三好美少年吗？这人设妥妥不达标啊！肖娟见状赶紧安慰我："林振兴不是坏孩子，就是觉得自己太闹腾了，说从没见过你这么安静的女生，想交个朋友改改脾气。"

这凭空冒出来的"不良少年"，让我陷入了恐慌。但之后几节课，我慢慢冷静下来，想着我在学校，那个男生也不敢怎么样，我琢磨见了面后，怎么自壮气势去骂他。

晚自习课间，肖娟把我拉到教室旁边的路上，不远处正站着一个穿红白相间运动装的男生。我紧张得直打哆嗦，两人隔着十来步都不说话，空气中若隐若无地有一丝丝花香。

肖娟看着我们大笑说："你俩傻站着干吗？比定力啊！"男生傲娇地把头偏向一边说："听肖娟讲，你学习很好，快回去看书吧。"一听这话，我仿佛得到了特赦令，头也不回撒腿就跑。

心跳得飞快，脑袋都有点儿蒙。说好的准备骂他一顿呢？

三

第二天中午，肖娟拿来两个甜筒，说是林振兴请客。我很少吃这种冰凉的东西，在宿舍问了一圈，大家都委婉地拒绝了，所以我还是塞给了肖娟。

结果下午上课，肖娟就找我算账，说林振兴气急败坏地骂了她一路，就因为她吃了要送给我的甜筒。肖娟马尾辫一甩，气呼呼地转过身去，徒留我的手尴尬地举在空中。

傍晚去食堂的路上，一辆摩托车漂移到眼前，肖娟像只受惊的兔子大叫："林振兴，你吓死我了！"车上的他一脸鄙视："你走开！我不和你说话！"我抱着饭盒，眼睛不知道往哪里看。

"那个……"林振兴不自然地挠挠头，"以后我给你的东西，不要给肖娟，我会不开心。"

"喂喂！我还站这儿呢！"

"你怎么就不能跟人家学学，脑子是个日用品，你别当成"装饰品"！"

"林振兴！"肖娟在马路牙子上上蹿下跳。

我听他俩斗嘴，觉得很有趣。认真望过去，才发现他有着这个年纪该有的一切，青春的着装，清澈的眼神，笑起来像夏日中拂面而来的清风般爽朗。

四

下午刚下过雨，此时有风柔柔地从我们之间拂过，红瓦檐上有悬着的水珠滴下，吧嗒一声，好似滴在心上某处。

我发现我们总会不断地遇见。地点包括但不限于食堂、操场、小超市，还有周末去教室自习的路上。哪怕他骑着摩托车带着朋友，隔着两条路看到我，也会专门绕过来，拉风地和我打声招呼，然后拉风地消失在街角。

有天晚自习放学，林振兴专门在教室外等我，当我看到夜色下的他时，只一眼便觉得周围一切都被染上了一抹暖色。他指指身上的新运动装问："怎么样，帅吧？"

"嗯，帅。"我的眼睛弯成月牙状。我俩开始聊天，原来上学时他比较调皮，有次考试，某个老师先入为主，认定他作弊，年少气盛的他一时任性，就再也没有回到学校。

　　我觉得此时的林振兴有些失落。但他立马精神抖擞地望着我说："我爸这段时间又帮我联系了一所很不错的技校，让我学一技之长，那所学校马上要招生考试了。"

　　此时，身边的同学来来往往，有人在夜空下唱着让人似懂非懂，却又无比温暖的歌，空气中依旧有股怡人的花香。在放学后的喧嚣人声里，我们周边却形成了一个别人无法进入的小空间，让我有微醺的感觉。

五

　　林振兴把我送到嘈杂的宿舍大门口，看得出他心情很好。月光柔柔地洒下来，我仰起脸望着他亮亮的眼睛笑，他不好意思地垂了眼帘，轻轻说了声"走啦"，便轻松地跃上对面超市的台阶，从弯拱门跑进了夜色里。

　　林振兴考试的这段时间，我辗转反侧难以入眠，每次出教室都忍不住寻找他的身影。一周后，下午放学的教室门口，没有任何准备，我迎面撞上他少年感满满的笑容。我没问他考得怎么样，目光却是大胆地朝他脸上看过去，林振兴僵了笑容呆呆地望着我，有些疑惑，又有些了然。

　　从那以后，林振兴很少找我聊天了，甚至大半个月都见不到人影。没几天，听到校园里一阵吵闹，好像是教导主任在大声训人，听同学说是有人打架，我莫名其妙就想到林振兴。

　　不会的，不会是他的！我在心里狠命祈祷，终于忍不住，出去看了半天，没发现什么异样，便转身回到教室座位上，整个人却僵硬地呆住了。文具盒上竟夹了一张字条！我的心毫无章法地狂跳，甚至都要跳出嗓子眼。

六

我哆哆嗦嗦打开,这看着像是从哪儿撕下来的作业纸,上面写着一段话:

嘿,好久不见了,我就是不知道怎么面对你,因为我发现我好像影响到你学习了……然后前段时间我总是思考到失眠……我明天要去技校好好学本领了,就顺便跟你告个别。

还有刚才教导主任那个小老头训的人不是我,我看到你出来了,不要担心。

你永远的师哥。

什么嘛,明明和我一样的年纪,说什么师哥。这是我第一次见到他的字,写得有些急,却有藏不住的隽秀笔锋。此时,我感觉到这十七年来从未有过的难受,甚至想哭。

后来,我再也没有在路上遇到过他,那个骑摩托车的拉风少年。有时候我会恍惚看到他站在合欢树下对我笑,仔细一看,却只有纵横交错的树枝被风吹得微微晃动。念起那句"当时只道是寻常",阳光再温暖,也令人难过。

时至今日,我还能记起我们相遇时的那阵阵花香,是年华里独有的青涩味道,那个曾经好似从天而降般出现在我青春里,又猝不及防离开的少年,他或许叛逆过、后悔过,却勇敢地面对世俗的眼光,努力地把自己活成上进的模样。

从此时光荏苒,我只愿他此生无忧。

我们路过了一场梅花的盛放

莉莉吴

一

她依然记得自己第一次采访艺术生傅梅堂的场景。

少年穿着宽大的黑白色校服，黑色的裤脚挽起一截。沙发与墙壁形成一个逼仄空间，他坐在沙发上，低垂着头，明明看不清表情，却莫名地让人能察觉到柔软的情绪，像是水中的一团青荇。

后来，他站起来，挂着温和的笑容与新闻社的学长学姐们打招呼，并按照他们的要求，在礼堂与教学楼前念演讲稿。她举着打光板跑前跑后，望见乳白色的光点落在少年的鼻翼上，竟有些微微愣神，以为自己看见了"光之子"。

其实她早已听说过他的名字，才貌双全的少年，整个人如火光般耀眼。她曾多次在杂志内页上看见他的照片，身姿挺拔，眉目疏阔，脸上的笑容恰到好处，温和亲切，却不媚俗，仿佛事先用尺子测量过。

时至今日，她才真切感受到少年身上的吸引力：不同于镜头下的光芒四射，独处时的少年安静、封闭，由内而外透出一股笃定，让人心惊于他体内蕴藏的能量，有种让人愿意毫无怀疑地随他而去的力量。

拍摄结束后，陪同她前来的学姐姿态自然地上前与少年搭讪。她吃力地扛着器械，汗滴顺着刘海落到地上。傅梅堂微微侧过头，似是惊讶地望了她一眼。两人的目光一触即分,而天边有大朵大朵的鲸鱼云。

二

第二次遇见傅梅堂,是在深夜。

她家的麻辣烫店开在路边,三十平方米大小的空间,摆了两排桌椅,人出入时,必须侧身,以至于碗里的食物也透露出窘迫的味道。来这里吃饭的多是附近工地的工人,赤着胳膊,搬着小板凳坐在门口。

因此,当傅梅堂出现时,单薄的身形便与这里格格不入。他戴着鸭舌帽,帽檐压得极低,只有在将食物筐递过去称重时,才微微抬头,露出布满血丝的眼睛。

"你是……新闻社的学妹?"傅梅堂极轻地笑了一下,闲话家常,"这是你家开的店?"

她点点头,突然有一种莫名的心安。

傅梅堂点的东西极少,几片菜叶,两块鸡胸肉,主食是一小把红薯粉。她偷偷多加了一些肉片,端上去后,却看见傅梅堂将它们挑拣出来,放到了手边的纸巾上。

"我不能吃这些。"察觉到她的目光后,傅梅堂有些不安地解释了一句,"最近有几个试镜,一部电影短片,需要控制体重。"

男生为了控制体重而节食,听起来总有些不够男子气概。傅梅堂对此心知肚明,因此不再说话,只安静地品尝面前的食物。离开前,他在盘子下多压了十元钱,当作感谢,却没想到,她会直接追出来,问他:"我可以陪你参加试镜吗?"

大约是知道自己的请求过于冒昧,她涨红了脸,有些局促地解释道:"我很安静的。"

三

傅梅堂最终没有拿到那个角色。

听到这个消息的时候,她正在修改之前拍摄的新闻图,照片中的傅梅堂眼神干净,眉骨微微突起,眼中盛满了春日的温柔。学姐坐在她旁边,用一种隐秘的语气告诉她,傅梅堂试镜失败。

很快,傅梅堂落选的消息传遍了整个校园。人们如同闻到血腥气的鲨鱼群,用残忍的、兴奋的语气将关于他的所有传闻一一剖析:"仔细看看,他长得也不算特别好看。"

"比他学习成绩好的多了去了,凭什么他可以录制招生VCR?"

"人家以后是要做大明星的人,家里肯定有背景,咱们小老百姓可惹不起。"

直到那时她才发现,人们对于傅梅堂的与众不同一直是抱有嫉妒心的,而这份恶毒的情绪在平日里悄悄隐藏了起来,宛如深埋地下的火种,只等一声沉闷的惊雷后,才争先恐后地破土而出,变成熊熊燃烧的野火,誓要将少年烧得魂飞魄散。

她有些难过,却又不明白这份悲哀从何而来,只能在夜深人静的时候,将傅梅堂的新闻照修得再干净一些,假装是少年自火光中走来,不染尘埃。

她没想到会在自家的小店中再次遇见傅梅堂。

他看起来比之前瘦了些,两侧的眉骨突起,进餐时,可以看见它们微微翕动,仿佛鼓动的蝶翼。她犹豫许久,终于走过去,问:"你愿意和我去一个地方吗?"

四

他们去了后山。

虽然已经是晚春,但山上仍有两株晚开的梅树,泼洒一地的冷香。年幼时,她常常到这里玩耍,梅树的成长拉扯着她的成长,而她的烦恼亦是梅树的烦恼。

"你听说过病梅吗?"

古人以梅曲、欹、疏为美,因此商人们便刻意将梅树如此培育,以卖得高价,而这样的梅花被称作病梅。可是这里的梅树不一样,它们长在深山中,树身笔直,枝干细密,点点梅花缀在枝头,仿佛墨色中的红日,寂静又绚烂。

她喜欢这样的梅树,有时候看久了,会觉得自己也是天地间的一棵梅树,是一株枝干稀疏的病梅。

那些迎合与谄媚是锋利的斧锯,将她的自我肢解、重组,而她咬牙忍受这般苦楚,不过是因为她想要成为更好的人。合群比孤僻好,浮夸比沉默好,假笑比落泪好……她一直如此坚信着,直到她遇见了傅梅堂,遇见了这场水中月——月亮也会变成六便士。最后,我们可以仰望的只有自己的影子。

傅梅堂似乎听懂了她的未尽之意,又仿佛没有,他提起了另一个话题:"下个月我要去北京参加艺考。"

她点头。人人都知道他迟早会走上这条路,这并没有什么好吃惊的。

可是他扭头看着她,眼底却流露出促狭的笑意。"在那之前,我想去医院,将这里……"他指了指自己眉骨的位置,"小小地调整一下。"

她睁大了眼睛。

你是我青春的一道光

在她没来得及说话之前，傅梅堂又说："但是就在刚刚，我改变了主意……我不想成为病梅。"

梅是君子树，可是梅并不高洁，高洁的是君子，是人在纷纭的俗世中的选择，是"我与我周旋久，宁作我"。

那一天，两人在树下拍了人生中第一张也是唯一一张合照。她站在傅梅堂身边，微微侧过头看他，而他直视着镜头，神色沉静，眸子亮如星火。

晚春的梅树已经开得将至倾颓，花瓣边缘呈现出细弱的暗沉，仿佛疤痕。

她忽然有一种错觉——这才是真正的梅。

五

一个月后，傅梅堂和其他艺术生一起离校。

离开时，几个年级的学生全部跑出来，在走廊上喊他的名字——所有人都默契地遗忘了之前的不愉快。天空呈现出一种近乎透明的青蓝色，流云飞走，而傅梅堂单手抱着纸箱，另一只手在空中用力地挥舞了两下。

她觉得，那是少年对自己的告别。

说来奇怪，在那天与傅梅堂交谈后，她忽然找到了与人沟通的钥匙，其实交流是可以不用一味地去附和、讨好他人的。她想要报考新闻系，想要成为记者，想要真正地和人展开交流，因为，"自己变自由之后，与他人的时间才真正开始"。

她也好，傅梅堂也好，他们都路过了一场梅花的盛放……从此，山高水远，处处相逢。

丢盔卸甲的心，落荒而逃的爱

✎ 佳 丽

一

老师在黑板上画着那个永远也不标准的圆，我却把它想象成了太阳，在森林中洒下点点金斑。我的王子，刘小宁，就踏着金黄的落叶缓缓向我走来……

没想到美梦还很清晰，一个白粉笔头就打在了我的头部。我惊吓得"啊"了一声，这个白粉笔头又顺势掉进我嘴里了。

同学们先是侧目，后是哄然大笑。老师看粉笔头掉进我嘴里，也慌了手脚。

这时王子回过头，露出一个灿烂的笑容。他的笑容足以抚平我所有的"惊厥"，那个粉笔头也忘了吐出来，真想回以他一个阳光的微笑，咽了一下口水，粉笔头随之也被我吞下去了。

这下，老师慌乱了，我也慌乱了。

二

一个月后，坊间还流传着我的丑事。他们绘声绘色地学着我被带去医务室的姿势，小薇说："她一路上就死死拉着刘小宁的手，丝毫没有松开过。"露露还说:"我还看见她把人家的手贴脸上了呢,真是拼了!"丽丽还神补刀:"我听到她表白了,她轻声问人家'你能做我的男朋友吗',哈。"

交了这些损友之后,我整个人都不好了。那天的情景我记得清清楚楚,刘小宁是看着躺在医务室里的我,不过是在用力掰我的手,一根手指一根手指地掰,我都听到自己心破碎的声音了。

闺密笑我呢,我一点儿也不生气,我知道她们没有看不起我的意思。可是有些人的风言风语,就让人闹心,比如隔壁那些长得"妖艳"的女生嘲笑我:"高二(2)班那个胖胖的韩丹,竟然要追刘小宁!"是啊,刘小宁很了不起,他不只是我的王子,也是很多人的王子吧。他是学校广播站站长,又是校优秀主持人,而我呢,只是默默守在一边的一只癞蛤蟆。

三

当癞蛤蟆的感觉不好受,我站在镜子前对自己说,"以后不出席他们的聚会了,免得被人取笑。"不过,十八岁的誓言总是经不起诱惑,几分钟后就证明了这一点。刘小宁突然打过电话说:"明天的节目观众会比较少,你带些闺密来捧场好吗?"我分分钟就答应了。

节目是在学校的大礼堂举行,刘小宁是主持人,小薇说:"一会儿刘小宁肯定要请观众上台参与,你去吗?"那还用说,当然要去!

我早就盘算好了我的小计谋:一上台我就抢过话筒,然后表白,跟他说"我喜欢你",让他骑虎难下。

节目的内容是评选校园篮球达人,谈到兴致,刘小宁动员观众,"哪位同学要体验一下这种动作?"我太激动了,机会终于来了,我"噌"地举手,积极往台上挤。

刘小宁可能从我那身扎眼的短裙看出了不祥的端倪，他没选我，而是邀请了我身边的一个女生。我怎能示弱，凭借那粗壮有力的小腿，快步冲刺向前，临近舞台我推开那个女生成功抢夺上位。可是，很不幸，一登台我就被台上的电线绊倒了。

"我喜欢……"尽管我那么真诚地说，可这声音根本不会被人注意。因为那天晚上校园中都疯传：有个胖胖的花痴在台上被绊倒了，她还走光了！内裤是蓝格子碎花的！

四

朋友们都打电话来安慰我，我想死的心都有，不就是简单的喜欢吗，哪个女孩子没有自己心里喜欢的人？为什么我就一遍遍成为人家的笑柄？我摆弄着手机，大滴眼泪不听话地砸在上面。用手擦手机屏，就花了，花得好像我这个人一样，乱七八糟。

我不傻，我知道我长得不漂亮，我有点儿胖，个子矮，还有青春痘。和刘小宁比起来，外貌上我俩真的不配。就是和那些喜欢他的女孩比起来，我也没有丝毫可比性。

但我一直有一件事引以为豪，就是我是世界上最喜欢刘小宁的，不容置疑。其实有件事大家都不知道，上次误吞粉笔头洗胃之后，我曾经找到刘小宁，把他逼到了楼下的墙角，我就是想问问他，为什么对我如此冷漠？他咬了咬嘴唇，给了我一个十分可笑的理由："我课余时间要打篮球，所以没时间陪你。"他是为了不伤害我，才没说出"我不喜欢你"这样的话，尽管如此，我还是哭得稀里哗啦。

"别哭了。"他安慰了我一下，就匆匆跑掉。在我和他的世界里，跑的其实是我，丢盔卸甲，落荒而逃。

五

有些事，即使你没做错，但你仍旧会成为别人眼中的笑柄。我曾想如果没有刘小宁，或许我还不会这么悲催。

现在，我一个人坐在电视机前，重看《海上钢琴师》。故事里，一个自闭的天才钢琴师，一辈子没有走下过游轮，一辈子漂在海上，哪怕遇到所爱，也没让他从游轮上走到船下的世俗世界，最终他也和游轮一同消失。

我也想有个船，再有一片海，然后我就在海上漂着吧，谁也别让我回来。

微信一条条地弹出来，"别闹心了，我们想你，出来玩吧。""你一直都是最有勇气的，我们都很羡慕你。"这些家伙，变脸的速度真快。深吸了一口气，我郑重地擦擦手机屏幕，然后按下刘小宁的电话号码，我想再努力一次，最后一次，认认真真地表白一次，如果他再拒绝，我就彻底放弃。

电话接通了。

"刘小宁，你好。"我有礼有节地说，"我想告诉你，我是世界上最喜欢你的人。如果你给我一个机会，我会尽我所能让你快乐！"刘小宁沉默了一会儿，说："好啊。"

我挂了电话，脸越来越烫，手发抖……然后慢慢蹲下来，把头埋在膝盖里，任泪水无声地浸湿裙子。事实上，刚才说完"刘小宁，你好"后，我并没有深情地告白，而是一脸嬉笑地说了一句，"今晚大家一起唱歌，来吗？我再也不和你闹了，以前都是吓你的，能原谅我不，哥们儿？"

刘小宁沉默了一会儿，说："好啊。"

从那天起，朋友们都说我"金盆洗手"了，韩丹还是那个韩丹，不再有人取笑我的"自不量力"。没有人愿意成为笑柄，为了不成为笑柄，一个不那么美丽的女生只好放弃那青春里不该有的喜欢。

有你的每一个朝夕与四季

夏日木棉

一

学校食堂重新装修后开业大酬宾，买一送一。苏小小在吃完三个照烧鸡腿后，开始不停地打嗝。她气急败坏地开始喝水，结果越喝打嗝越厉害，她气儿都快喘不上来了。就在她要因打嗝而死被写进校史时，胜屿出现了。

他没有像其他人那样视而不见，或者嫌弃地走开，而是声音温柔地说："你把双手食指交叉放在自己的锁骨处，然后闭上眼睛，打嗝就好了。"

苏小小半信半疑，这个能治打嗝？她伸出手，决定死马当活马医试一下。她很有心机地眼睛留了条缝，然后死死地盯住桌上剩下的那个鸡腿。在她发现情况不妙时，胜屿已经拿着她的那个鸡腿狂奔而去，食堂里只留下呆若木鸡的苏小小。

胜屿以为苏小小一定会把他大卸八块。结果，事后苏小小不但没有与胜屿计较，还一本正经地问："你有五块钱吗？我想给你买个东西，但还差五块钱！"

"有啊，等等。"胜屿从兜里掏了五块钱出来，递过去。递出后，他就有些后悔了，一脸怀疑地问："你给我买了什么？"

苏小小一面把钱揣进兜里，一面表情严肃地说："教训！我给你买的教训！"

二

如果事情就这样发展下去，可能日子就在我坑你一次，你损我几句中度过，可苏小小最近很不爽。

班里新转来一个女生，被安排在胜屿旁边。关键新来的女生还长得有那么一点儿沉鱼落雁，闭月羞花的意思。然后胜屿这个家伙，马不停蹄地就叛变了。苏小小的脑子里，本来最先浮现出的是"变心"两个字。可她与胜屿之间，清白得就像小葱拌豆腐，压根儿和变心不沾边。

苏小小在后面喊："胜屿，我的水杯怎么扭不开了？"胜屿头都没回："你自己没有手啊！不会自己拧啊！"苏小小一口老血差点儿没喷出来。

可转眼，她就看见他去帮郭晨曦打水。没错，人家的名字都比她高级。

苏小小的腿不小心磕破了，胜屿告诉她多喝热水。What？多喝热水？苏小小有种想人道毁灭他的冲动。可她不能，其实她和胜屿最多只能算损友，可她就是觉得委屈。她觉得整个银河系都欠她一个解释。一个合情、合理，可以让她不手起刀落的解释。

三

都说君子报仇，十年不晚。所以，她忍。苏小小决定从长计议。

苏小小曾经在网上看到有人提问：如果你每次经过同一个鸟窝都有鸟屎掉头上，有比爬上树把鸟蛋偷下来，然后煮熟了吃掉更狠的办法吗？点赞最多的是：煮熟后再给放回去。

于是，苏小小像换了一个人。她每天都会多买一份早餐，然后放在胜屿的桌上。结果胜屿转手就给了郭晨曦，苏小小在心里默默地说服自己：你要忍。

她用半个月的零花钱，买来胜屿最喜欢的游戏鼠标，结果胜屿告诉她，他已经不喜欢了。苏小小刚要发作，内心一个声音在提醒她：你不要忘了你的报仇方针。

苏小小的报仇方针是什么，就是先把胜屿给骗过来，然后再狠狠地抛弃他。没错，就是抛弃他。其实，她无非就是气不过，至于其他，她没想过。

四

让苏小小感觉情况不妙的是，郭晨曦总是温婉地朝胜屿笑，当阳光透过窗户打在她那美丽的侧颜上，她就像一朵盛开的鸢尾花。连苏小小都忍不住有种想靠近的冲动。

苏小小决定曲线救国。她放学找到郭晨曦，开门见山地说："你是不是喜欢胜屿？"郭晨曦没有回答她的问题，而是笑着反问："你呢？""我？"苏小小被郭晨曦突如其来的问题一下子问住了。她站在那里，嘴巴张了半天，也没有说出答案。因为她从来就没有考虑过这个问题。她只是觉得这个世界上怎么会有这样一个男生，好像是专门为和她作对而生的。她每天的任务好像就是怎么和他见招拆招，不被"敌人"坑害。

而郭晨曦的出现，让她突然觉得不习惯，不习惯身边每天不再有人和她吵吵闹闹。

是的，一定是这样的。苏小小的心里有些乱，她在想自己会喜欢上胜屿的可能性。胜屿虽然不是目若朗星，宸宁之貌，可他浑身痞坏痞坏的气质偏偏长在了很多女生的审美点上。

而胜屿呢？他们之前一起游过太湖，去过白马庙和罗汉寺，拜过灵山大佛，可他并没有说过喜欢她。和他这种爱抬杠的人在一起，他们之间更像是臭味相投的好朋友。

五

苏小小从未想过，有一天会和胜屿老死不相往来。只是因为一件小得不能再小的小事。

胜屿拿手捏着她数学卷子的一角，看着那60多一点儿的成绩，差点儿笑得背过气去。数学是苏小小的弱项，再怎么死磕，最后都会被现实打得落花流水。

换作以前，苏小小一定会佯装生气说"你赶紧跪地求饶，我或许会饶你不死！"可这一次，苏小小脑子一抽，说的是：老子再理你，就是狗！

说完苏小小就后悔了。可是班级里那么多双眼睛看着她，她怎么能怂呢。她大概是为了让自己坚定决心，死鸭子嘴硬地又重复了一遍："没错，我再理你，就是狗！"

其实有很多次，胜屿向她抛来橄榄枝时，她都想借坡下驴了。可看到郭晨曦那看向自己意味深长的笑容，她只能目不斜视，把眼睛长在头顶上。

六

为了不让自己"啪啪"打脸,苏小小特地去申请了个QQ小号,又从网上下载了张美女头像,想好了如何让胜屿通过好友的一百种办法。谁知,当她忐忑地发过去后,对方很快通过了。虽然苏小小在心里默默地翻了个白眼,可还是在网上吹出了彩虹屁。说自己是学校里的小学妹,听闻他上知天文下知地理,不知道可否拜他为师。从此以后,苏小小每天在网上问他各种学习上的问题。她觉得现实世界不再有交集,只在虚拟的世界里说话也是好的。

有一次,她故意刁难,问了他一个超难的物理题。过了半天,对方才回,说了句"徒儿你等等,我去问问你师娘"。师娘?他是有喜欢的人了吗?那个人,是郭晨曦吗?她顿时觉得自己卑微至极,只觉自己像个跳梁小丑。就在她准备退出QQ,注销小号时,她的QQ大号突然响了。

竟然是他。他说:"呃,那个,你会这道题吗?"看着眼前这句话,苏小小慢慢在对话框里打下了一个"汪"。

彼时,在那个傍晚,苏小小觉得有什么东西不一样了。是有胜屿的每一个朝夕与四季,让它在心里悄悄盘根错节,生根发芽了。

第三章

谁的青春不悲伤

每个人头上都顶着一片星空

◆ 麦淇琳

一

岷镇的夏天说来就来，整座小镇就像被搁在了烧红的火炉上，气温一天攀着一天高升。喧嚣的马路上，人群熙熙攘攘。

15岁的苏明惠骑着自行车，行进在上学的路上。在她的视线里，穿着校服的少男少女们三三两两地走在两旁。

"喂，苏明惠！"顾言初骑着车轻轻松松地跟上苏明惠，丢了一袋什么东西到她的车筐里，说："我妈多给我准备了一份早餐，你帮我消化一下吧。"

苏明惠脸上露出一抹讶异，这已经是顾言初第三次请她消化多出来的早餐了。哪怕和顾言初有着同住机械厂职工大院的情谊，她也接受不了顾言初对自己的过分关心。

苏明惠浅浅一笑，将那袋早餐丢回他的车筐里，说："我吃过了。"

"哎呀，别走啊，吃过了还可以再吃嘛……"顾言初加快速度，然而苏明惠的速度实在太快了，他最终还是没能追上她。

二

苏明惠的妈妈向来体弱，平时只能打些零工，爸爸在机械厂工作，因为效益不好，厂子已经停工半年了。这半年来，只要能挣的钱，苏明惠的爸爸一分也不放过。一日晚饭后，苏明慧的爸爸突然宣布，他想在菜市场租一个摊位。

卖菜，自然也是一条出路。刚开始，苏明惠的妈妈也跟着去，然而跟了几次后，她的身体还是吃不消。苏明惠便说："妈妈，以后还是我去菜摊帮忙吧。"

苏明惠第一次去菜摊，就遇见了顾言初。

顾言初穿着校服，帅气的脸庞与菜市场格格不入。他走到苏明惠的菜摊前，挑了一根红萝卜，然后问道："你这里有卖玉米吗？"

对于这次巧遇，苏明惠觉得其中有诈："你能不能别这么无聊，你不用请我吃早餐，更不必编什么借口来买我们家的菜。"

三

"没错，早餐确实是我妈特意多做了一份，让我带给你的。只不过前几日她摔伤了腿，我便想炖个玉米排骨汤给她补补。"

顾言初态度诚恳极了，苏明惠终于点头，她表情凝重地说："阿姨摔伤啦，严重吗？你等等，我去给你挑几个玉米。"几分钟后，顾言初提着玉米和红萝卜走了，苏明惠又叫住他，指给他卖排骨的摊位。顾言初说了谢谢。

那以后，顾言初便经常等苏明惠一起放学。某个清晨，职工大院传来机械厂将被收购的消息。承载了自己童年欢乐时光的厂房即将消失，苏明惠的心里很不是滋味。

放学时，顾言初收拾好书包对苏明惠说："在机械厂被夷为平地前，我们去看看那条小溪，好吗？"苏明惠很爽快地答应了。

四

苏明惠的爸爸是机械厂的技术员，专给工业机械画图、晒图。晒图室里有一台晒图机，小时候，苏明惠时常看着爸爸将蓝色的图纸往这头的进纸口一放，图纸就"嗡嗡嗡"地从那头的出纸口跑出来。这个游戏看累了，苏明惠就到屋外的小溪旁，看绿草的颜色，听溪流的响动……

两人到达机械厂时天色已渐晚，暮气中的云霞十分绚烂，小溪清澈见底，可以看到碧绿的水草，顾言初突然发问："明惠，你的梦想是什么呢？"

苏明惠抬起眼睛看他："啊？我的梦想是……当个画家。嗯，在墙壁上画画的那种。"顾言初见到苏明惠如此认真的模样，于是问："为什么？"

苏明惠想了想，说："无论生活有多么艰辛，我也想为人生画上绚丽的色彩，拂去人们心灵的尘埃。"苏明惠坐在长满杂草的小溪边，瘦弱的背影几乎被整个草丛湮没，但顾言初还是看到她瘦而挺拔的背影。

五

高二那年的暑假，苏明惠拿出自己积攒多时的零花钱，报了一个绘画培训班。

那段时间，苏明惠爸爸的心情特别不好，常因一点小事对她发火。

所以苏明惠自己去报绘画班的事情也成了引爆父亲怒气的导火索，她的画具被没收了。苏明惠却没有就此熄灭愿望，反而干了一件更加离谱的事情，去省城参加神话主题的墙绘比赛。

那时，顾言初家里也是鸡飞狗跳的，他妈妈的腿伤一直无法痊愈，甚至连手都渐渐失去了知觉。顾言初从小家境好，学习好又会弹钢琴，他几乎是顺风顺水长大的。

妈妈受伤后，爸爸去外省谈生意就没有了消息。顾言初陷入漫长的不安，每天都在心中祈祷，期盼妈妈恢复健康，爸爸尽快回来看看妈妈。

开学的时候，苏明惠从省城回来了，她的墙绘《九色鹿》拿了一等奖，学校还特意为她张贴了红榜。一下子，苏明惠成了同学们的偶像，下了课就被人团团簇拥着："明惠，明惠，我想考美术专业，你教我画那个九色鹿呗！""明惠，下课后我们一起回家，你再跟我说说墙绘的事吧……"

六

顾言初明明是苏明惠的前桌，一下课却被她的疯狂"粉丝"挤到墙边，他索性跟后面的同学换了座位，离苏明惠远远的。

苏明惠不知道顾言初为什么会忽然疏远了自己，她关切地问："你心情不好吗？"

顾言初正在为妈妈的健康烦忧，没有心情搭理她。苏明惠像变魔术一样，递给他一本化学手册，说："这是我在省城书店买的，多买了一本，还你的赠饭之恩。"

一瞬间，顾言初心里涌起一股暖流，他问道："什么赠饭之恩？"

苏明惠哈哈笑着："还不是因为你总是请我吃早餐嘛！"

顿了顿，苏明惠又说："我知道你还在为阿姨的病情心烦，但是我妈妈说过，每个人的头上都顶着一片星空，我相信阿姨一定会渡过这个难关。"

接下来的一段时间，顾言初似乎越来越忙，他很少再等苏明惠一起回家，总是下课铃一响就飞奔出教室。后来有一天，顾言初没有再来学校上课，职工大院的大人们都说，顾言初的爸爸赚了大钱，回来接他妈妈去省城治病了，顾言初便也跟着转了学。

七

顾言初就这样离开了岷镇中学，如同他在某个清晨丢一袋早餐在苏明惠的车筐里一样自然。有时苏明惠会想，如果人生是一段旅程，那么，离别与相遇都是人生里的一道绚丽风景。

转学到大城市读书的顾言初有些难过，因为离开岷镇前他来不及当面跟苏明惠好好道个别。直到高考的前一天，顾言初的妈妈为同事的意外身故而惋惜，他才突然感叹哪有什么来日方长，从来只有世事无常。

晚上入睡前，顾言初拧开收音机，主持人在讲茶道的"一生一会"，说一生只为一次聚会，一生只有这一次相会，使我们在喝茶的时候，会有一种深刻的情感，不至于轻慢当下，纵使会者必离，当门相送，也可以稍减遗憾了。

顾言初猛地从床上跳起来，用手机发了一张蓝色星空图给苏明惠，同时写了一行字：屋里的灯火熄灭了，但我从此不再畏惧黑暗，因为我们每个人头上都顶着一片星空。

一点一滴的光阴，都有温柔照身

筱 梅

一

深冬的青玉镇，夜间的天空挂着一弯淡月，校园的植物已然半凋，浸在寒凉的空气里。

晚自习下课后，丁柔走出教室，夜风吹起她额角的刘海，露出一双如墨的眼睛。一个拥有高挺鼻梁、深深眼窝的少年向她挥手走来，丁柔的心好像泡在了中药里，阵阵发苦："杨帆，你怎么还在这里？"

他和往常一样，嘻嘻哈哈地说："我等你一块儿去灯笼铺呢。"丁柔的心情有些复杂，杨帆这家伙自小跟她在一个小院里长大，又一直在同一所学校读书，这阵子，他有事没事就往她家的灯笼铺跑，简直是个黏人精。

丁柔无意与他同行，说了句"你别再跟来了，再见"，然后快步走进了青玉镇著名的春诗巷。这是一条专营传统行灯的小巷，每家店门口都挂着一盏古法制作的灯笼，远远望去，仿若浮浮沉沉的璀璨星河。

二

刚到自己家的灯笼铺，杨帆就从后面追上来，一本正经地说："丁柔，你就教我做行灯吧？"丁柔感觉快崩溃了，狠瞪了他一眼："杨帆，你到底有完没完？我是不可能教你做灯笼的！"杨帆也不生气，只是一脸凝重看着丁柔："有些事，你不能逃避一辈子，总得面对的。"

"我面不面对，跟你没有关系。"丁柔用鼻子哼他，杨帆摇摇头，说道："现在的你就像一只丢失了翅膀的飞鸟，我想和你一起寻回这翅膀，看你再次展翼飞翔。"

丁家世代传承古法行灯手艺，丁爷爷原本将传承的希望寄托在丁柔身上，可是半年前她双手意外烧伤，就不愿再碰灯笼。那之后，杨帆就揽下了店里的粗重活，还动不动就叫丁柔教他做灯笼，生怕她生疏了手艺似的。

三

丁柔总是甩甩手，示意他别烦人，但他毫不识趣，隔三岔五故技重施。

丁柔几次叫他别再来灯笼铺了，他就一脸迷茫地问："为什么？"丁柔歪头撇撇嘴，示意他看看店铺里那些花痴无聊的女生，说："你再这么风雨无阻地来，我们家还怎么做生意？"

杨帆把她的脑袋摆正，一本正经地说："我来当你家店铺的活招牌还不好吗？"

"不好。"丁柔想也没想就回绝他。杨帆实在太烦人了，他话多得要命，整个人又闲得好像除了要她教自己做灯笼，就没有第二件事一样。为了不让他再烦自己，丁柔应付了一声："你不是要学手艺吗，不要光嘴说，手要动起来。"

杨帆顿时面露喜色，抽出一片蚕丝片端详着。丁柔在一旁指挥："很多初学者，都是先从棉纸行灯学起，你拿的这种是制作蚕丝行灯的专用材料，它比做棉纸行灯的材料更坚韧，更不易脱落，透出的光线也更明亮柔和，但蚕丝行灯制作起来要花更多工夫。"

"哦。"杨帆了然地点点头。又听丁柔缓缓说道："传统的棉纸行灯做起来要简单些，它以竹丝为骨架，覆以棉纸，棉纸上可写字，也可绘制传统吉祥图案。"她停顿了几秒，说："若你真想学，可让爷爷来教你。"

杨帆却拉长了语调，说道："可是……我还是想让你亲自示范给我看。"丁柔直直地看着他，心口仿佛被烫了一下。

四

或许每个人心中，都曾经装着一个美好的愿望。

说起制作行灯，丁柔仿佛自小就受到一束微光的指引——要成为一个"用古法制作灯笼的人"，以此对抗无聊的人生。每一盏精致的行灯作品，工序都十分繁复，但她八岁便会制作棉纸行灯，十五岁就对二十多种传统行灯的制作方法了然于胸。读高一这年，她的《蕉鹤图》蚕丝行灯甚至还获了奖，老人们都夸她天赋异禀，她也觉得自己厉害极了。

只是不久后，小镇发生了一起爆炸事故，造成多人伤亡。那场事故带走了丁柔的父母，她自己也因双手严重烧伤，无法再自如使力。

月色溶溶，丁柔忽觉惧怕，怕丢掉了梦想，她该成为什么样的人，又能成为什么样的人呢？

没有人告诉她，前面的路该怎么走，只有杨帆向她伸出手，说："你不要哭，这样不漂亮。我们都该学会把出现在生命中的一切荆棘，看作值得期待的风景，终有一日，它会为你开出绚烂的花朵。"

彼时，小院的天空暗暗的，但当他说"你不要哭"的那一刻，丁柔隐约看见被遮在云后的月亮在默默发光。那缕光辉仿佛是包扎伤口的纱布，又像是治愈忧伤的一味药。

五

午后，学校里依旧人声嘈杂，热闹非凡。杨帆把丁柔约到学校的运动室，告诉她："我给你拟了一份复健计划，从今天开始，我会跟你一块锻炼，等你双手恢复了力量，再教我做灯笼。"

丁柔看着那份复健计划：每天跑步；每天药敷十分钟；周六练拳击；周日吃素；每天都要听新的音乐；随时提醒自己微笑。这张计划表看起来似乎并不怎么靠谱，跑步、敷药和拳击她都能理解，但是听音乐和保持微笑又是怎么回事，而且还要吃素？

常常是在清晨，整座城市还没有醒来的时候，杨帆就催丁柔去跑步。她曾经无比讨厌跑步，觉得穿着肥大的校服，头发被汗水打湿，刘海黏在额头上的样子真的很傻。

但是现在，杨帆认认真真跑步的身影，像一张照片印进了丁柔心底。她对杨帆有了莫名其妙的信任，并且把复健计划从冬天一直坚持到了春天。当栀子和鸢尾都开满校园小道的时候，丁柔发现，美好崭新的生活就在眼前，她会一步一步实现心中的那个梦想。

六

时间是一条蜿蜒的河流，高中时代最后的冲刺和离别终究还是来了。这年，杨帆顺利考进了外地的一所名牌大学，那所大学是丁柔一直想去的，可惜差了几分没考上，进了本市一所不算太差的大学。各奔东西前的某日，丁柔问他："你为什么肯花那么多时间来帮我，就因为想让我教你做灯笼吗？"

"不，我是希望我们都能如此活一回：无论生活的路多难走，内心的一陇田都是绿油油的，有好雨相望。"

一个仲春的午后，阳光暖暖地涌进小院，满桌子的灯笼使小院洋溢着温馨和生机。丁柔将一段长约10厘米的蚕丝片慢慢拉开，直到拉得均匀薄透……记忆中少年的影子，被清晰地唤醒了。

在那段寒冷又无助的日子里，他像一个太阳，炙烤着她的世界，给她温暖的慰藉，并且让她明白，活得漂亮是我们的精神食粮，也是我们在世的面目，当生活的困顿左右不了生命的节气，我们才算拥有了可以相伴一生的精神力量。

丁柔抬起头，灿烂地笑了起来。世间道路，绝无坦途，但坚强的旅人会在内心的荆棘丛里栽花种草，让身体里住着尘世间的纯净与温暖。如此，无论我们走到何处，在那一点一滴的光阴里，都有温柔照身，亦有欢喜相随。

长成自己喜欢的模样

✎ 陈艳丽

一

许莫然清晨五点二十准点醒来，闻到屋内飘着奶香，听到窗外鸟儿正在欢歌。

时光如此美好，许莫然忽然悲催地想到——她长成了一盆多肉盆栽。十七岁的她，曾经体重超过二百斤，导致脚踝骨折住院治疗，后来虽然减掉六十斤，但她还是需要穿大号衣裤，不论天气多热，她都习惯套上那件大号的蓝白校服。

她常常想起同桌肖清风的口头禅"多傻啊"。他仿佛不在意世间的一切，任何事都能一笑而过。她还欠他一个人情呢。

那是高一，许莫然与原同桌为小事吵嘴，原同桌收拾书包欲丢下她一人，许莫然拉住她问："你不跟我同桌啦？"原同桌头也不回："不愿意！"正尴尬，肖清风一屁股坐过来，侧过脸看着她涨红的眼说："多傻啊。"咧嘴笑笑，挥右手道，"新同桌，你好。"许莫然仰起脸，把快掉出来的眼泪收回去，笑了。

那时，许莫然刚出院，认为大家都应该让着她，做出许多任性的事情，比如撞碎同桌茶杯而拒绝道歉，比如在集体活动中无视纪律，比如在排球比赛时瞎指挥等，哪一样都会引起公愤，肖清风居然不怕被连累，也够难为他的了。

想到这儿，许莫然心里很过意不去，然后就一口小忧伤，一口小甜蜜，吃完了妈妈自制的小蛋糕。

二

转眼到了国庆节。夜里十二点，许莫然正要关机睡觉。微信上，吕诗诗蹦出来："明天陪我去公园拍汉服照？"

许莫然盯着那行字足足有十秒钟，想着自己是不是应该装没看到呢？

"好！"发过去这个字后，许莫然心中懊悔到想打手。

国庆节，好不容易混到的三天假啊！去年也才放了两天，因为今年教室要用作考场，这才有难得的三天。妈妈常说，作为学生，就算是过年，也都要学习才行。不然，你玩，人家学，大家一起千军万马过高考那个"独木桥"，你就被挤下去了。

妈妈这套理论是在许莫然上初中后形成的。第一次听到，许莫然反问："凭啥不让玩？"后果是一场爱与恨的控诉，吵到最后两人表情都不太好看，彼此间针锋相对。她知道任何时候跟妈妈争论，都绝对是自讨苦吃，最好的招就是先点头，再按自己心意过这三天，许莫然本打算把这七十二小时用来埋进被窝。可是……吕诗诗要她陪着去拍照。

三

许莫然一直都知道吕诗诗总爱搞那些有的没的。汉服麻烦又难穿，脸上抹得红红绿绿，头上银光闪闪，脚穿绣花白鞋，在一群奇异的目光中摆出各种姿势来拍照，真当自己能穿越啊？

但许莫然不能那么不仗义，她们从小学一起同班到初中，高中分到不同班级。吕诗诗曾在她屡次迟到被罚时，挺身而出，与她一起站在走道上罚站。

有了这样的革命友情，许莫然能不答应吕诗诗的这个要求吗？当然不能。

于是，许莫然领着那天正好有空的肖清风，出现在了人来人往的公园门口，瞅着穿薄荷色古风长裙的美女吕诗诗在向自己招手。

讲真，吕诗诗真漂亮，过肩的黑发乖顺地披下来，恰到好处的空气刘海，涂着红嘴唇，男生大概都觉得这样的女生好看，肖清风却说："穿成这样，多傻啊。"

公园人真多，风也有点狂野，吕诗诗选定一棵大树下的石块为拍照背景。

肖清风上蹿下跳当摄影师，许莫然乐得清闲。回程时，肖清风告辞走人，吕诗诗有点儿心不在焉。许莫然逗她："妞，给爷讲讲，是不是有心事？"吕诗诗突然将手附在许莫然左耳上："然爷，你和肖清风不会相互喜欢吧？"许莫然脸发烫："怎么可能？多傻啊。"吕诗诗拍手："那就好。"

四

节日过后，吕诗诗着手上演与肖清风"擦肩而过"的戏码，频繁到衣服都快擦破了。只要看到肖清风，她就挥手喊："嘿，好巧啊！"知道肖清风有事耽搁了吃午餐，她会故意很晚去食堂装"偶遇"。每一次，吕诗诗都喊得特别大声："肖清风！怎么又碰到你了。"还天天跑到老槐树下等他一起上学。

有一天，肖清风拎着香草奶茶和蛋挞，拿去隔壁班放在吕诗诗书桌上，眼尖的同学叫起来："有我们的吗？"肖清风低头笑，吕诗诗红了脸，许莫然傻站在门口，也笑，只是觉得头皮发胀。

五

这天晚自习结束，大家陆续走了，许莫然一个人骑单车回家，一场大雨猝不及防地落下，狂乱的大风伴着泥土味四处窜，许莫然脸上分不清是雨水还是泪水，一点一滴，不可抑制地滚落下来。

快到家时，把自行车放进附近的车棚，许莫然感觉被雨水浇透的校服，紧紧贴在身上，书包像石块一样沉重，压得她忍不住蹲下来，呜呜地哭了起来。

她在这场大雨里足足淋了半个小时，直到妈妈在楼下找到她。

妈妈看起来并没有生气，只是把她的双手握在手中，很文艺地说："没关系，睡一觉，明天就好了。"

六

进入高三，每一秒都很珍贵。高考即将来临，教室里每个人的书桌上都堆着高高的习题集，墙上的红色横幅是：无高考，不青春。教室里的倒计时日日更新。

激情四射的班主任老杨，每天站在讲台上精神饱满地喊各种励志口号："同学们，就这几十天了，扛得住的给我扛住，扛不住的给我死扛。高考前，早恋的先缓一缓，有情绪先忍一忍，多考一分，超越万人！"

晚自习到夜间十二点，一觉醒来后闭着双眼吃完早点，再往学校狂奔，这就是许莫然的高考前状态。

七

六月末，高考成绩出来，吕诗诗考上了艺术专校，许莫然和肖清风都考上了理想的大学。

九月。当许莫然坐在前往大学报到的动车上时，她已经接近正常体重，穿着新买的百褶裙，身材修长，像一株风中的百合。

在自己大学的宿舍，她打开手机里"肖清风早恋"的短信，在被雨淋透的那天夜里，她准备向老杨告密，但没按下发送键。

现在，她把这五个字编辑成一段文字：我不勇敢，不闪耀，没有变成你喜欢的模样，但我长成了自己喜欢的模样。所以，谢谢你，曾扰乱过我的青涩年华。

然后，复制，粘贴进朋友圈，果断发送。有风从打开的窗缝里奔跑进来，轻轻地吹动许莫然的裙摆。

喜欢富士山，便只有让自己走过去

柏 颜

一

绰绰到15岁才有了第一个喜欢的男生。

他不算高，也不很帅，成绩超差，但身上又没有不良少年那种拽拽的不羁和轻狂。

从小学开始他们就是同学，还一度有幸成为同桌。绰绰见过他躲在课桌下面吃早餐和零食的模样；见过他被老师指名道姓骂得眼眶发红；见过他翻墙逃课去网吧结果被教导主任抓个正着；见过他参加唱歌比赛拿了三等奖……

但她意识到自己喜欢对方，是在听说他喜欢上班上某某的时候。

她好几次偷偷端详某某，比自己高半头，很瘦，因为学过跳舞走路姿态很优雅，要命的是长得很干净，眼睛大皮肤白的女生怎么都差不到哪儿去。

绰绰低头看看自己，怎么跟人家比呢，没得比。

只好埋头苦学，因为只要她成绩好了，作业就写得又快正确率又高，这样就能让他一直追在自己身后说："嗨，作业借我抄抄。"

这是高一那年他对她说过最多的一句话，她甚至迷恋他说这句话时那种一半请求一半命令的态度，好像她写完作业就该第一个借给他抄一样，好像他们之间已经熟稔得不需要任何客套。

她迷恋这种若有若无的亲密，醉心于看似由她来掌握主动权的关系。

当然，她也会从别的方面制造交集，比如找他借MP3来听，谎称自己QQ号被盗请他帮忙搞定……还有一次音乐课上，老师出了个需要谱曲的题目，问谁愿意自告奋勇地上台露一手。她当时兴奋地跟其他同学一起起哄，指着他的后脑勺说："他啊，他都会。"

可是不知道为什么他被撺掇得冒火，回过头独独凶了她一句："吵什么吵，你闭嘴好不好。"

她一下子就安静了，要不是教室有那么多人，她的眼泪简直要夺眶而出。

那时绰绰才知道，原来他们之间并不如自己想象中那般亲密，她甚至能感觉到当时被他一吼后周围同学目光里的鄙夷。好像每个人都嘲笑她："关你屁事。"

二

那天下午她故意早早写完作业但没有像往常一样拿给他。

可气的是，他也不来要。

一直到放学她慢吞吞地收拾东西，然后慢吞吞地往外走。走到学校附近的操场时，他才终于出现，上来就抢了她的书包。

她不知道怎么形容当时的心情，有点惊讶，有点开心，有点不可名状的忧伤。

她问他要干吗，他也不说，就把她的书包背在身上，一直跟在她旁边走。

快到她家时,他才说:"这样吧,书包我背回家抄作业,明天早上我就给你送过来。"她说:"好啊。"天知道她的书包连爸妈都不让翻。但是不知道为什么,她对他说好啊。晚上她躲在被子里偷偷想,原来喜欢一个人就是无法拒绝啊。

三

圣诞节那天他突然问她,女生都喜欢什么礼物。她一下子就听懂了,沮丧得整个下午都不想抬头看黑板。

他果然要表白了,但他喜欢的人已经不是当初那个某某,据说他喜欢了一个校外的学姐,想买个礼物哄她开心。

他问她:"你有喜欢的人吗?"

绰绰沉思很久,点头说:"有啊。"

他果然问是谁,"班上的吗,还是外面的?"

他眼睛里闪着八卦的光彩,像在阳光下发出闪耀光芒的碎钻。她只好说:"是我的邻居,特别帅,成绩还很好。"

他连连点头说:"那圣诞节他也会送你礼物吧。"

绰绰愣了一下,说:"也许吧……"

那天放了学他热情地邀请她一起去挑选礼物,她只好硬着头皮答应,最后他挑中一款手链。材质很普通,但价格已经是他一个月的生活费。他问:"漂亮吗?"她使劲点头。于是成交,他心满意足地说:"我请你吃烤串啊。"

为了让谎言圆满一些,为了让他继续对自己的感情保持好奇,绰绰给自己买了一份"男朋友送的礼物",一个很可爱的抱枕,带去学校午睡用。他看见了,说:"真适合你啊哈哈哈,跟你一样傻。"

她笑呵呵的，一点儿都不生气。

那以后她发现上课的时候他总低头发短信，时而专注，时而微笑。她想要克制自己，但还是管不住心。

四

春天快要结束的时候，他突然失恋了。

她能看得出那天从早上开始，他整个人气压都很低，她想问什么，又不知道如何开口。直到午休时间，他把她拉到教室外面，问她："这个手链真的好看吗？"她诧异地低下头，当初送的手链大概是被退回来了，并且有些地方已经开始掉色。

他说："你不知道这玩意儿会掉色？"

她虽然不戴首饰，但也大约知道一点，学校旁边精品店里买的首饰怎么会永不褪色呢？但她不知道如何回答。

后来他说，她执意跟他分手，把褪色的手链也还给他，说他们不合适。

"什么不合适，是觉得我配不上她吧！"他红着眼眶说。

这是绰绰第一次看见他掉眼泪，她手足无措，想给他一个拥抱，却不知道以怎样的身份。她只能说："你别哭了，她跟你分手是她没眼光啊。"

他听不进去，转身走了。

后来绰绰听说失恋过的男生更容易成长，后面那一年她感觉到他真的好像长大了。他开始努力学习了，而且会向绰绰请教各种问题。

当她试探着问他要不要和自己考一个大学的时候，他特别含蓄地说："我哪能跟你比。"

他说："对了，你喜欢的那个人应该会跟你去一个学校吧。"

她也学着他的语气说:"我哪能跟他比。"

文山题海里,日子一下子就过去了。毕业那天,他考得还不错,特地来跟她道谢。他说自己决定去北方,又说:"你这么怕冷肯定不会去吧。"她点点头,说自己选了杭州。

他又说:"都毕业了,你总该跟那个邻居告白了吧。"

她笑得特别夸张,说:"哈哈你是不是想围观?"

他就回说:"是啊,收门票吗?"

"那明天你来我家楼下吧。"绰绰说完掉头就走,她头发已经很长了,但不知道他还记不记得自己说过,他喜欢长发的姑娘。

五

第二天他果然如约而至。

她一早就在楼下等着了,手里捧着一个罐子。他问:"你邻居呢?"她说:"你来晚了,不过他把这个送给了我。"

他好奇地打开罐子,里面全是手折的星星,他问:"这是什么意思?"

她说:"我邻居说,答案就在最底部的那个纸条上面,我紧张得不敢翻,要不你帮我?"

他果然傻乎乎地接过去,信誓旦旦地说:"要是他敢这么迂回地拒绝你,我肯定帮你出头。"

很久以后绰绰想起当时他的表情,才有点明白为什么自己当初会暗恋这样一个人长达三年。

底部的纸条上只写了一句,"笨蛋,我根本没有什么成绩很好,又帅的男邻居。"

但他绝口没提"男邻居的答案"。

暑假以后，他们再也没有联络。

其实这是绰绰早已料想到的结局，没太悲伤，他不喜欢自己，她早就知道了，也已经默默接受。

之所以最终还是选择告诉他，不过是因为，想给自己一个交代。

我曾经非常认真地喜欢过你，谢谢你参与过我的青春。

告别时我们不说告别，只说想念。我会记得你，就像记住当年的自己。

盛夏夜晚的月亮很亮，夜风温柔，路灯把牵着手的影子拉得悠长，转角的音响店里放着歌，正好是绰绰最喜欢的那一首。

歌里唱道："谁能凭爱意要富士山私有。"有人说，喜欢一个人就像喜欢富士山，你不能搬走它，你只有让自己走过去。

有时，绰绰忧伤地想，我也算幸运吧，此生能够遇见哪怕跋山涉水也愿意向他走去的人，能够拥有那样酸酸甜甜的爱意。

不会掩饰的喜欢，一眼就能望到底

丸 物

一

如果不是因为模拟考前的时间万分珍贵不能浪费，梁汐月大概永远不会有机会认识孟洲，最多只会在同学提起时，茫然地抬起头说："名字好像有点儿熟悉。"再经由对方提示后，恍然大悟，"哦，是升旗仪式上被通报批评的那个男生啊！"

可那天她捧着练习册从老师办公室往教室飞奔时，正巧被孟洲"空投"投中。

时间就那样刚刚好，一个在三楼跑着正急转弯，一个正舒展着四肢，在教室后门前起跳、抬臂，透过玻璃窗示意教室里的哥们儿溜出来打球，于是电光石火间，梁汐月只觉得眼前有什么东西一晃，肩膀上一沉，然后一个趔趄蹲在地上。

"你没事儿吧？"孟洲也吓了一跳，他讪讪地收回手。梁汐月抬起头，看着面前挺拔的少年脸色窘迫得像西红柿一般，"扑哧"一声乐了，摇摇头。孟洲松了口气，摸了摸鼻子，突然说："我知道你，你是五班的梁汐月，学校大榜上有你的名字和照片。"

梁汐月愣了一下，下意识捂住脸。那张照片不知道是班主任从哪里找出来的，显得自己脖子短脸大，刚想到这儿，孟洲又补了句："不过你比照片上好看多了。"

梁汐月无声地笑笑，气氛一时间有些凝固，孟洲也跟着笑了笑："你很忙吧，快去上课吧。"

或许是枯燥的课业太过无趣，又或者梁汐月几乎没和男生交流过，某些阳光明媚的时刻，再从走廊右侧拐弯回班级时，梁汐月会莫名想起孟洲和那天的情形，而后嘴角轻轻一扬。为此，她甚至从朋友那儿拐弯抹角打听他的消息。

二

再和孟洲搭话的时候，月考已经结束了。这次梁汐月还是跑得飞快，而孟洲懒散地斜靠着廊壁，风把他的头发微微吹起。梁汐月路过他身边，猛地收住脚，一回头，他的眉眼就印在了心底。

"不进去上课呀？"梁汐月先开口，"真潇洒啊。"

"唉！"孟洲一下子站直身子，"这不是月考语文默写全空白，被老师赶出来背书了嘛。你怎么又那么着急？"

梁汐月又笑了："我也不知道，只是觉得似乎大家都在拼命，我也要快一点儿，哪怕不清楚这样是不是适合自己的节奏。"梁汐月想了想，开口问，"你想聊聊吗？"

就这样，他们站在走廊一角，开启聊天模式。聊各自的家庭，聊现在的疲惫，聊人生海海，自己不知该何去何从。教室暖橘色的灯在他们身后亮着。梁汐月清楚看见，孟洲的眼神十分清亮，写满真诚，他似乎绞尽了脑汁，才说出一个比较有用的劝慰："以后有什么心事就跟我说吧，我知道，日子该怎样过还是得怎样过，只是偶尔想说些什么，对别人倾诉完就好了。"

梁汐月的心忽而一轻,那晚她依旧背着满满一书包练习题回家,却步伐矫健,连公交车都抢着第一个上。

三

之后的日子,梁汐月并没有真的特意找孟洲说过什么心里话,但她清晰地感觉到,有什么不一样了。哪怕连擦肩而过相互问候时,一句简单的"嗨",都像在提醒她,有个少年站在你身边啊。

南方的春末热得快,碰见孟洲时梁汐月便会把半张脸藏进竖起的衣领,藏起脸上的红意和温热。

只是她不清楚,这种感觉是不是喜欢。梁汐月想象中的喜欢,是细水长流的,也像柴火,始终带着干燥的热,可遇见孟洲后,更多时候,她只是在某个瞬间,比如做完一摞试卷的疲惫之际,或是突然有点儿孤单时,想起那张青涩的脸。

她想,孟洲于自己,更像是贫瘠山路上的翠绿草木,她走在路上,闻一闻清香,那路就不似这般漫长了。

可每每想到这儿,她又有些许内疚,她能感觉得到孟洲炙热而温柔的目光,以及他见缝插针的只言片语。他是喜欢自己的吧?梁汐月知道,孟洲前几日找到自己的好友,悄悄同她说,她们去食堂时,能不能多走右边的楼梯?

可越是这样,之后每个大课间,只要梁汐月的余光扫到走廊尽头的身影,步伐便突然止住了。

彼时距离高考只剩月余,教室后面黑板上的数字日日变化着,梁汐月的成绩也似乎到了新的瓶颈。梁汐月劝慰自己,其实每个人都会如此吧?低落到谷底,想拽住一个依靠,可是不该这样做的。

于是孟洲再来班级门口，借着让她把书还给她同学的由头找梁汐月时，她假装不知晓，一心一意地做着试卷。

四

五月中，毕业照前的那堂数学课，全班都有些心浮气躁，哈欠连连的梁汐月突然被点名回答问题。迟疑了几秒，数学老师突然把黑板拍得"啪啪"响，诸如"骄傲、浮躁"的言辞劈头砸下，虽说是对全班的训话，梁汐月的心还是酸涩了一下。

离别在即的伤感、忧心考试的焦虑，燥热的天气又扰得她烦闷不堪，梁汐月忍不住跑去水池偷偷地哭了。

孟洲透过后门看到，想也没想就跟过来。满脸泪花的梁汐月抬起头看见孟洲，高大的他挡住一半阳光，让她有一瞬间的恍惚。梁汐月一下破涕为笑，没来由地心安了。

像以前许多次那样，她忍不住一口气说了许多话，还带着点儿少女的撒娇。她幼稚地抱怨自己不够好，一边从各方面否定自己，说着"丧气话"，一边悄悄望着身旁的少年，等他否定，再逐字逐句夸赞自己。

"你真的很好。"孟洲果然急了，"真的，要不我不会，我……"言及此，他的声音戛然而止，面颊微红，所有的情绪都从眼神里溢出。少年不会掩饰，他的喜欢瞥一眼就能望到底，梁汐月的心也跟着怦怦跳得飞快。

孟洲微微靠近，梁汐月猛然间缓过神来，面颊绯红，可不能为了某一瞬间的私欲而伤害到孟洲，梁汐月猛地站起身，果断而干脆地丢出一句："对不起。"

不是俏皮的"你怎么结巴啦"，也不是岔开话题的"好啦，我该回去了"，孟洲眼睛里的光"啪"的一下熄灭了。

梁汐月正绞尽脑汁想找理由将话说圆，便有同学跑来催促她去拍毕业照。之后是清空座位，回家调整。兵荒马乱间，梁汐月偶尔会懊悔，如果能拖一秒就好了，等同学来救场，那时她还丝毫没意识到自己后悔的缘由。

五

一直到高考结束，一个朋友的升学宴上，那一年大家考得都挺不错，梁汐月喝了点儿果酒，微醺着入梦。梦里她和孟洲靠得很近，而她主动上前，轻轻拥抱住了他。一颗心怦怦跳着醒来，梁汐月想起一句诗"梦里相逢酪酊天"。

也是那一刻，她才明了，关于孟洲，她心中的果实早已经成熟了。

梁汐月拿起手机，犹豫了半天，心缓下来，终是没发出向好友打听孟洲联系方式的消息，总觉得差了点儿什么。有些话，错过了最好的时刻，就是过了，要是当初懂得该多好，梁汐月望着月色想，怎么就这样亲手推开了那个温柔的少年？

我是否照亮过你疲惫的青春

晓 湄

一

火车行进在大地上,窗外的景色和我的童年连成一片,利川到了。

我把口袋里的荧光星星拿出来握在手上,一块淡绿色的塑胶片,却是我喜欢的第一个男孩子,送给我的最好的礼物。

我到现在还觉得,十五岁的夏天并没有离我远去,我好像遗留了什么东西在那个时刻。似乎是为了纪念这戏剧性的发展,身体里的某个部分在那时候,也一并停止长大了。在停止长大的前一秒钟,烙印在视网膜上的是那些贴在天花板上的塑胶荧光星星,是他骑着脚踏车载我去买的,黏性很差的廉价星星。

十五岁的那个夏天,刘侑宣在我记忆里放进了很多快乐。有一天下午他骑脚踏车来找我,告诉我那天是他生日,要我陪他去买东西。

"你为什么不去找黄靖怡?"我坐上他的脚踏车后座,这大概是我有史以来第一次享受这份殊荣。

"那你下车。"

"我不要。"

脚踏车车轮开始一圈圈转动,我们像两只在风中洄游的鱼,划开身旁的空气向前游动,阳光浸润着我们,而我眼睛所能容纳的光景就只有他逆着光的背部。

当时的场景透过回忆变得更加鲜明。

结果他载着我到了五金店,"你要买什么?螺丝起子?"我疑惑地跟着他走到卖玩具的那列商品架。

"你觉得这个好吗?"刘侑宣拿起货架上一盒塑胶星星,会发出荧光的那种,上面还贴着红色标签注明不可食用。

于是我们两个在他房间里耗了一个下午,忙着把那些荧光绿的小玩意儿贴在天花板上。两个人站在书桌上,伸长了手臂只为一片廉价的塑胶和一种莫名的执着。

现在想来只觉得庆幸,当时在他家中感到一种被海浪包裹般的温柔。那天的记忆停驻在他房间的那盏日光灯,以及有他味道的枕头和棉被。

二

假日的午后有一种魔力,也许是阳光太过温柔或者放假令人快乐,总之不论向父母要求什么,都能够轻易被答应,包括放任我们去利川市区玩。我和大我一岁的黄靖怡抢着坐他的脚踏车后座,但每次都是我输,所以到公交车站牌的那五分钟路程,我只能坐在他弟弟的脚踏车后座。

"刘侑屏,骑快一点啦!"我抓着后座大喊,唯恐和前方他的距离又变得更远。

"你以为你很瘦吗?给我下车……"从刘侑屏口中说出的后半段话,几乎都被风给吹走了。

我的视线越过他一张一翕的嘴,接着再掠过黄靖怡左右摇摆、看似表达高兴的马尾，最终停驻在刘侑宣被风灌满的运动服上。高瘦的身子无法填满整件运动服，于是风便肆无忌惮地涌入那些空隙，如同水流注满坑洞一般。但运动服的下摆又紧缩得合身，因为有一双手臂自顾自地把他圈了起来，我眼睁睁看着黄靖怡用手臂环住他的腰。

刘侑宣从不反抗，每次这场景都看得我双眼生疼。很多年后我才知道，那或许不是容忍而是默认。被阳光镀了金的刘侑宣，被风灌饱衣服的刘侑宣，大概占了我人生前十五年时光里的三分之二。

三

你问我利川市区有什么，我会跟你说什么都没有。这是一个一无所有却可爱的城市。

"总是说要发展旅游业，口号喊来喊去，最后还不是被人家笑说利川是文化沙漠。"有一次黄靖怡在公交车上这样说。她爸爸是人大代表，不知道是不是因为接触政客多了，她说话口吻也有点老成。

我们总是挑假日的时候，去沾染些热闹的气氛。所能得到的最大的快乐就源自夜市里面的泡泡冰和烤鱿鱼串，以及藏在巷子里的川剧戏院。

走在夜市的巷弄里，头顶上的光被分割成一块块，这归咎于商家们七横八竖的遮雨棚。我们身影的轮廓被拓印至水泥地上，随着我们的前进一起缓缓移动着。时而出现在脚边，时而隐没在阴影之下。

轮廓高而瘦长的是刘侑宣，拥有强健小腿的是黄靖怡，矮一截的是我，同样颀长却不那么高的是刘侑屏。我和刘侑宣中间，时常夹着一个黄靖怡，像句子与句子之间，必定存在着一个逗号或句号，用来延续话语，或者就此结束。

四

当然，我不会忘记那个清晨，睡梦中听到有什么被打破的声音、警车的刺耳鸣笛声，以及有什么人在大声说话的声音。这些线索组合成不祥的预感把我弄醒。才吃完早餐，我就看到黄靖怡紧张兮兮地站在门外。

"全世界都去看热闹了，就只有你在这里。"

"怎么了？"

"刘侑宣他爸回来了！"

说回来也不对，其实我们都没见过他爸，就连刘家兄弟自己也不太有印象。他爸回来了，可是没有半个人欢迎他，那么这里还能算是他的归宿吗？

"昨天假释回到家里，然后就因为毒瘾发作，把阳台上的盆栽全砸了下去。隔壁的王伯伯很害怕，所以就报警了。"我们并肩前往刘家走，黄靖怡为我解说。

为什么她总能知道那么多事？我几乎什么都和她争，可是偏偏我又觉得她都赢我。

我们是两株植物，存在着互利共生和竞争的关系，这样矛盾的两面让我们既情同姊妹，又相互抢夺。可是那界线却随着成长渐渐模糊，我们如同两滴躺在玻璃窗上的水滴，一旦碰触到了彼此，就汇流成一个大水滴淌向远方。

黄靖怡的马尾停止摆动，像钟摆忘了运转。

刘家到了。

门口早已聚集了一堆人在帮忙，当中有两个细瘦的身影和一个佝偻着身子的人，是刘家兄弟和他们的祖母。砸碎的盆栽像一块块倾圮的提拉米苏蛋糕，深棕色的土壤散得到处都是，瓷制碎片像下过雨后汇聚在地上的水洼，随处可见。

我试着要帮忙，但很快就被锋利的碎片给割伤手。

"所以你到底是来干吗的？"刘侑屏气急败坏地看着我的手说，反倒是他哥径自拽着我，开门就往家里去，找出碘酒和食盐水帮我消毒。像每一次玩鬼抓人他替我当鬼一样，或是玩躲猫猫他让我跟着那样，直接省略了所有不必要的字句，只剩下温柔的气息。

五

火车慢慢停下，这时刘侑屏打电话给我。

"矮子，你火车到哪里了？"

"刚到站，黄靖怡呢？"

"我到咯。"电话那头突然切入一段女声，还有咯咯的笑声。

"你带了什么给我哥？"

我犹豫了几秒，然后我听见自己说："荧光星星。"

……

如今这些小星星，安安静静地躺在刘侑宣的坟前。

刘侑宣自杀，是在我和刘侑屏十六岁，也就是他和黄靖怡十七岁的时候。

没有预兆地，突如其来地结束了自己的生命。翻遍世界上所有的书，就是无法解释他为什么会选择结束生命。在隔年夏天的时候，徒留下一个悬着的疑问句。也许，是因他那个永远凌乱的家，还有那个几乎没见过几次面的瘾君子父亲？

　　我不知道，在他灰暗的记忆里，有没有我的一抹亮色，照亮过他忍耐和疲惫的青春？

木星未合月，烟火尽璀璨

毕桂涛

一

"本月9日晚，我市将有幸观看到木星合月的天文现象……"新闻频道主播那铿锵有力的声音从电视里传来，立刻引起了程璇的注意。她飞速地从卧室跑到客厅，一个箭步跃上沙发，眼巴巴地看完了那则新闻，还着重记下了这次"木星合月"的发生时间、持续时长、最佳观看地点等。

程璇盼望"木星合月"的天文奇观很久了，恰好此次天象奇观在假期出现，正可以满足她小小的愿望。其实，程璇早已经盘算好如何观看，只是缺少一个同行的人。

在夜里，程璇辗转难眠，一直在犹豫要不要给许易然发消息。他会答应我的邀请吗？他不会对"木星合月"现象不感兴趣吧？如果许易然拒绝了，我该怎么办？一连串的疑问在程璇的脑海里盘旋。

程璇握着手机躲在被窝里，拿不定主意。此刻的她手心里不停地出汗，不知道到底是紧张，还是兴奋。在经过一番内心挣扎后，程璇还是将那条消息发了出去，仿佛稍一停顿就可能会反悔似的。

消息发出的时间，是23点08分。程璇一直盯着亮得刺眼的屏幕，却始终不见回复。随着阵阵困意袭来，程璇不由自主地进入了梦乡，但亮屏的手机依然握在手里，显示着聊天界面。

二

第二天清晨，程璇醒来得特别早。看了一眼手机，聊天记录还是停留在昨晚的那句话，并没有任何进展——许易然未回复。程璇瞬间像霜打的茄子一样。她躺在被窝里，用被子蒙住头，使劲蹬着被子的尾部，尽情地发泄着五味杂陈的心情。8点左右，程璇终于忍耐不住了，拨通了许易然的电话号码，而电话那头传来的声音却是："您拨打的电话已关机，请您稍后再拨。"这下，程璇有些释然了，应该是许易然还没有看到消息，那就再等等吧。

"叮咚！"手机发出一声清脆的声响，是一条未读消息。程璇接着打开了许易然的聊天框，果不其然，是他发来的消息。虽然有些晚，但程璇备感温暖。

"好的，不见不散！"

"抱歉，昨天手机没电了。"

三个笑哭的表情，可可爱爱，像刚刚绽放的鲜花招来的三只小蜜蜂。

许易然连着发了三条消息，每一个聊天气泡里都充盈着丝丝的甜味。

"下周六晚上，不见不散！一言为定，食言是小狗！！"

程璇故意在最后加了两个感叹号，借此引起许易然的重视，希望这次他可别像上次那样，因为记错约定时间而让程璇在游乐园门口白白等了一下午。那件事，程璇估计再过两三年也不会忘记。

三

在这一周里,程璇一直惦记着"木星合月"的事儿。除了去本地的天文台,程璇还根据查阅的资料和小镇的地形,胸有成竹地绘制了一张天文观测图。说来说去,其实这张图纸无非就是他俩在能力允许的范围内去到的最高点,相信程璇周围的每个人,都会一眼识破这个掩耳盗铃的秘密。

等程璇拿着图纸,跑去问许易然时,她的语气里充满了自豪。可谁知道,许易然还没等程璇拿出斟酌许久的"绝杀武器",就被他抢先一步盖棺定论了——后街旧影院的天台。

后街的"记忆经典"是20世纪的老式电影院,因为近年来城乡规划的实施,正在进行翻新整修,可不知什么原因,周围的建筑都已经开工两年,但旧影院迟迟没有动静。这个旧影院距离程璇和许易然家不远,坐公交车大概两站就能到,而且建筑高度和人流量都比较适合观测"木星合月"。

程璇心里早就定下了这个地方,不承想许易然连她连夜赶制的图纸都没看,就自作主张地完成了此次选址,实在是令人深恶痛绝。于是,她将图纸从背后抽出来,放在许易然面前,噘着嘴说:"请智商120的您,务必认真地看一下这张凝结着无数智慧与心血的图!如有错误,恳请指正!"

许易然终于知道程璇心里的鬼主意了,拿着图纸故意端详了半天没有说话。"啊?怎么了,有什么问题吗?"程璇又忍不住地追问许易然。许易然突然幽幽地回答道:"嗯……不错不错,孺子可教!""哼!许易然,你就是讨打!"程璇一记拳头狠狠打在许易然的胸口。

四

周六晚上5点前，程璇给许易然打去了电话，叮嘱他千万不要忘记时间，放她鸽子。电话那头传来许易然插科打诨的声音："那是当然，忘了你可以，但我怎么会忘记这么重要的天文奇观呢？"还没等程璇反应过来，他竟然挂断了电话，只留下程璇站在原地愤愤不平。

6点半左右，还未入夜，天空中火烧云仍有些残留，可是天气预报却偏偏说今晚多云。程璇和许易然暗暗有点儿担心，但又不能说出来，因为谁都不想错过这个千载难逢的机会，谁都不想在此时此刻说出大煞风景的话。两个人还是硬着头皮、蹑手蹑脚地进入了旧影院的后门，沿着破败的楼梯盘旋向上，一路打着手电筒走向天台。

"喂，谁在上面？"看守施工场地的大爷朝着天台上大喊。

程璇被吓了一跳，手中借来的望远镜不慎掉在了地上，发出丁零当啷的声音。许易然一把拉住程璇，捂住了她的嘴，拼命做出"嘘——"的手势，然后拿起一块石子抛向远处，捏着嗓子模仿了一声尖锐的猫叫。就这样，许易然成功地把大爷给支走了，整个动作一气呵成。真亏他能想得出来！

五

站在天台上，程璇和许易然抬头仰望着天空，天幕上连一颗星星都没有。天台的风有些冷，程璇和许易然不禁缩紧了身子，而漆黑的夜幕仿佛一张巨大的渔网，将他们两个人的青春紧紧包裹起来，湿漉漉地打捞出茫茫的海面。他们静静地攀着天台的栏杆，气氛一度有些尴尬。

"你知道什么是'木星合月'吗?"程璇突然打破了寂静,转过脸来问许易然。

"木星合月是木星和月亮正好运行到同一经度上,两者距离达到最近的一种天象奇观。"许易然一本正经地说。

"想不到还做了不少功课嘛。不简单啊,小伙子!"

"你看!"许易然用手指向电视塔的方向,惊讶地小声呼喊。程璇顺着许易然手指的方向,看到一束束烟花腾空而起,在深邃的夜空中绽放出绚烂的色彩,或是渐次变幻为含苞欲放的花朵,或是一字排开化作迁徙的雁阵形状,或是伴着风的角度四散而去。烟花瞬间把天空辉映成五彩斑斓的海洋,也悄悄地辉映在程璇和许易然的脸上。

在烟花的光芒中,程璇蓦地看见许易然的侧脸,有一种如一汪清冽的泉水涌入心底般的感觉,他是那样温润,那样明澈。"今晚虽然没有'木星合月',但是,有烟花,有你——倒也不错……"程璇不知从哪里来的勇气,看着远方的烟花,平静地说出了压在心底的话。

> 你是我青春的一道光

曾经心里深深浅浅的酸涩，随风而逝

南书百城

一

肖寒发消息问我是不是也去市一中看话剧时，我已经在路上了。坐在公交车上盯着手机屏幕变亮又变黑的几秒钟里，两年前离别的画面从我脑海里一一掠过。我望着窗外婆娑的树影，发了不知道多久的呆，下车时才后知后觉地回了一个字——是。

上一次见到肖寒，是两年前的事情了。而两年，足够让我们走出很远，足够让曾经繁复的故事渐次远去。彼时刚刚中考完，从小玩到大的我、肖寒以及唐泽分别去往了三个学校，肖寒一头扎进了师大附中的学霸堆里，唐泽考进了一中，而我则去了郊外的一所学校，每周回家要比原来多花两个小时。

这两年里，时光如同被冰封，又好像青春年少时在日记本里演绎的那些故事，不管结局是否已经尘埃落定，都被匆匆锁进箱子底层，无处可逃，唯独剩下发黄这条路径。

偏偏肖寒又一向迟钝，所以起初有段日子，我总怕他们活动聚会时嫌麻烦不叫上我。一开始这种苗头似乎还不怎么明显，可后来这种担心随着时光的推移还是慢慢成了事实。

于是当肖寒在朋友圈里分享那些他去长湖放孔明灯或者去普者黑看

星星的图片时，我常常怀着一种奇怪的赌气心理不去点赞也不做任何评论。不过我往往会在锁上手机屏幕之后对着天花板发愣，然后又像个心虚的贼一样，重新点开那些照片，如同在窥视别人隐私一般，放大那些跟他在一起的陌生人的脸。如果那时候在他身边的人是我，就好了，我莫名地就会生出这种感慨来。

二

怀着期待见到肖寒却又不知道会以怎样的方式重逢的忐忑心情，我在市一中学校门口遇到了向我发出看话剧邀请的唐泽。唐泽看起来跟以前差别不大，他提着一袋盒饭从对面的小餐馆里走出来，隔着老远就瞅着我一边笑着一边耸肩："来了？"

我笑着点头："肖寒也在吧？"

"他还在路上。"唐泽显然没有领会到我九曲十八弯的心思。

我找了个空位坐下，角度正好能看到坐在学生评委席的唐泽。他微微侧身背对着我，正在跟台前一个身着汉服的女孩子交谈。我看不到他的正脸，却大概能猜到他说了些什么，才让那个女孩子温和的眉眼在下一刻弯成一座桥。

我遥遥望着评委席前的汉服少女，脑海里突然飞快地闪过一个奇怪的念头：肖寒那条消息，原本，真的是想要发给我的吗？

市一中今年艺术节的话剧演了整整一下午，而我也乖乖坐在人山人海的会场里看了整整一下午。直到散场，我才见到肖寒。他跟唐泽还有那个已经将汉服换回了便装的女孩子在一起，似乎并没有注意到我的走近，正极认真地低头翻看手机里的照片。

我想像小时候一样从他身后悄悄走过去捂住他的眼睛给他一个惊

喜，可走近时才发现，他手机上正在翻看的照片，竟然是一张三个人的合照，而右下角显示的时间，就是今天下午。我抬起的手微微一僵，竟一瞬间忘了自己刚刚想要干什么。

靠着座位站在肖寒斜对面的女孩子显然最先注意到我，她抬肘碰了碰一旁正专心鼓捣摄像机的唐泽，上弯的唇角勾出两个浅浅的梨窝："阿泽，那是你的朋友吧？"

我微微一愣，还是忍不住皱皱眉头。

肖寒顺着她的目光回过头，似乎颇感意外："你真的也来了？"气氛一时间微妙起来。

倒是那个女孩子率先打破僵局，朝我笑道："你好，我叫元箐，如果我没猜错的话，你应该就是阿泽曾经跟我提起过的那个……"

"大功告成！"唐泽将脸从摄像机取景器上挪开，回转过身，拍着元箐哈哈笑道，"你现在就拿着这个去刻光盘吧，顺路把摄像机放到学生会办公室，回来之后我们出去聚餐。"

元箐乖乖应下，不放心她一个人去的人却是肖寒。我看着肖寒陪她一路头也不回地走出会场，突然间感到有些混沌。

"为什么你自己不去？"

唐泽愣了愣才理解了我的微嗔。他望着我，良久，唇角染上一抹近乎奇异的笑："我应该让你和肖寒一起去的。"然后，我猛地抬头，死死盯住同样也在盯着我的他，任这种剑拔弩张的气息在无人的会场内疯狂蔓延。

三

元箐和肖寒相携返回时，唐泽已经以"突然想起学生会还有事"为由先行离开。肖寒好像丝毫没觉得这有什么不妥或者不对劲，倒是元箐站在原地低低嘟囔了一句话，继而亲昵地笑着走上来挽我的手："那我们聚我们的，不管唐泽了。你想要吃什么？"

"去吃上次那家比萨？"未待我开口，肖寒便先一步向她投去了询问的目光。

我有一个瞬间，觉得自己的理智几乎要被突来的怒火燃烧成灰。肖寒比任何人都清楚我的回答肯定是一句恹恹的"都可以"，却连让我多说三个字的时间都不想要浪费。

"肖寒！"

"怎么了？"他终于转眼望向我，神色寡淡。

我努力把火焰压下去："为什么你今天下午……来得那么晚？"

"因为他病了啊。"元箐笑吟吟地拉起肖寒的右手，我这才注意到他手背上隐隐透着血丝的纸胶布，"他打过点滴之后才来的，所以耽搁了。"

肖寒安静地望着元箐，脸上没有什么表情，却也并没有将手抽出来。我好像听到了什么东西崩断的声响。在空荡荡的会场里，细微得几不可闻。

四

曾经有段时间，我特别喜欢那句"一壶浊酒尽余欢，今宵别梦寒"，因为那里面藏着肖寒的名字。可直到现在我才终于意识到，其实"寒"前面的动词是"别"，且就在今宵。

吃完东西出来时已经入了夜，空中的雨丝细密如针。我撑着伞走在前面，低着头想要将注意力集中到那些在闹市灯光下流光溢彩的小水洼上去，耳朵里却依然时不时地飘进身后元箐和肖寒的谈话声。

我在十字路口前停下脚步。

"我们要往左边走。"元箐语气一顿,"你呢?"

我笑着点点头,指指相反的方向:"那边。"

肖寒闻言,终于忍不住抬头看了我一眼,却在我注意到他目光的下一秒,将眼神又转移开去。他有过送我回家的经历,怎么会不知道我家的方向根本不是那边呢?可他什么都没有说。互相道别过后,我几乎毫无留恋地转身离开,恨不得自己的身影下一秒就能消失在光影深处。

他们说,时光带走了我的朋友和爱人。我却觉得这话其实不尽然。并非分离,只是再也不是唯一,如此而已。

时光带走的也不仅是我的朋友,还有过去的我自己——是当初依赖他们的我自己,是当初胆小懦弱不敢留下来的我自己,是当初把年少的喜憎看得大过天的我自己。我没有回头,也无从得知肖寒有没有在我过马路时习惯性地多看一眼,但我希望,是有的。

或许下一次遇见,我也能不再别扭不再怯懦,也能跟他好好告别不再落荒而逃,也能坦然接受他身边每一个我不认识的人。或许我也能在没有他的日子里,一路繁花,且行且歌。

十八岁的路口你是否还在

骆　可

一

如果太阳能够不西落，如果河水能倒流，如果时光能停留……可人生哪有什么如果，就像如果我可以不恨何西西一样，这永远都是一个伪命题。

何西西又开始用那种欲言又止的眼神看着我，我随便拿起本书，隔在了我和她之间。旁边的石奥用酸不拉几的语气感慨："怎么就没有美女对我嘘寒问暖呢！"

就在石奥说话的前一秒，我将何西西买来的感冒药，一股脑儿地扔在地上。

"宋淇，就算你恨我，但病了药总得吃吧。"何西西的声音里透着小小的委屈。

石奥用胳膊肘碰碰我："哎，兄弟！你也太不怜香惜玉了吧！"

我用眼狠狠地瞪他，石奥立即识趣地闭了嘴，我转过头继续大声念道："葡萄美酒夜光杯，欲饮琵琶马上催……"可脑海里全是前一天何西西站在大雨里的样子。

那是入冬前的最后一场雨，秋雨夹杂着冬的气息下得分外凄楚。何西西像小时候做了错事后一样，小心翼翼地伸出手来求和。

她说:"宋淇,我们和好好不好?"

我隔着雨幕,隔着那些回不去的时光,一个人冲进了大雨里……

我不是七八岁的小孩子,没法在被别人打了一巴掌后,还能满心欢喜地去接受那个看似美好的甜枣。所以,何西西,我们注定再也回不去了。

二

石奥最近热衷于打听何西西的情况。

"听说你们小时候是邻居,你妈和她妈还是好朋友?……我说宋淇,你也一定暗恋过何西西吧?……你们之间到底发生了什么事,怎么现在像仇人一样?"

石奥还在那儿一个人碎碎念,有人故意咳了一声,提醒他何西西进教室了。我抬头,正好看见望过来的何西西。她大概昨天又没睡好,已经像熊猫一样的黑眼圈更严重了。

放学的路上有一段昏暗的小路,自从我和她决裂后,她总是一个人走得战战兢兢。

我朝石奥大声地说:"我和何西西不是很熟,也没有兴趣帮你去了解她!"

石奥被我突如其来的举动吓了一跳,有点儿讪讪的,他没话找话地说:"对了,昨天隔壁班的班花还向我问起你了,看来人家对你有意思啊。"

我愣了一下,看到何西西眼睛里慢慢腾起了雾气,我对石奥说:"哦,那我放学的时候约她一起走,她跟我们是一条路的吧。"

石奥嘿嘿嘿地奸笑,说:"小子,你来真的啊!"

我是来真的吗？我不知道。但我知道，以后放学的路上，我的耳边都是"班花"在叽叽喳喳，大到将来她想考哪所大学，问我是喜欢南方还是北方，小到她们班今天谁被老班罚站了谁没按时交作业……

其实我并不享受和"班花"的这段放学时光，说不清楚当时是出于什么心理去约的人家，大概是看到何西西那失望眼神后的快感吧！终于，我也让她体会到什么叫难过了。

三

何西西的书桌开始变成百宝箱，什么酸奶、发卡、小玩偶……甚至还出现了电影票！当然，这些东西第二天会悉数回到石奥面前。

石奥有些面儿上挂不住，小声嘀咕："等着瞧吧，没有我石奥办不成的事儿！"

"班花"放学后，仍会等在我们班门口。我磨磨蹭蹭地出了教室，不远处是何西西那越来越消瘦的背影，她已经好几次上课时走神被老师批评。

冬天的夜来得格外早，路上除了放学的学生已经很少有路人了。不知是因为"班花"的聒噪，还是我那故作爽朗的笑声，何西西一个人飞快地消失在茫茫夜色里。

瞬间，我的笑声没了。我在心底嘲笑起自己："这不正是你想要的结果吗？"

谁知，第二天何西西一瘸一拐地出现在教室。听说是昨天晚上突然半路冒出个黑衣人，吓得她滚进沟里，腿上蹭掉很大一块皮。我不明白，那条小路怎么会突然出现黑衣人……

等到石奥笑嘻嘻地走到何西西面前，说："以后，我和你一起走吧！"我瞬间就明白了。

我不知道当时为何如此生气，几步冲到石奥面前，一把揪住他衣领，"你以为这样，何西西就会答应你吗？你……"不等我说完，一旁的何西西淡淡地说道："谁说我不会答应。"

"何西西，他是故意的！"我气得直跳脚。

"那又怎样？"

我一下子愣在那儿。大概我从没想过，我和何西西的关系会变成这样。

四

此后，放学路上会出现两对很奇怪的"组合"。"班花"缠着我在后面慢悠悠地走，石奥无趣地在前面拿石子扔头顶光秃秃的枝丫。这期间，我和何西西像两个哑巴，谁都不说话。

十一月的最后一天，石奥冲进教室，一巴掌拍在桌子上，"何西西她拒绝了我！"

我抬眼，石奥将一本日记本摔到我面前，"你自己看！她说她最快乐的时光，就是和SQ一起上山采花下河摸鱼的日子，那个SQ是不是你！"

我懒得理他，继续看书。石奥不依不饶，夺下我手中的书，"你敢说你不喜欢何西西吗？"

我彻底被激怒了，吼道："你觉得我会去喜欢一个，抢了最好朋友丈夫的女人的女儿吗？"

虽然我说得有点绕，有点歇斯底里，可所有人还是听懂了，包括刚走进教室来的何西西。

她的眼里噙着泪光，嘴角动了动，最终却什么都没说，又跑出了教室。

何西西开始变得越来越沉默。哪怕她走在操场上，别的班的女生也会指指点点说她就是抢别人丈夫女人的女儿。连石奥都转移了目标，开始打听三班"小豆芽"的情况。

可我一点都不开心，更没有报复后的快感，甚至觉得心里空落落的。

有那么多次，我看到何西西一个人寂寥的背影，都想叫住她，可还是忍住了。我无法原谅一个第三者的女儿。可这世上该被原谅的到底又是谁呢？

很快高中毕业，我和何西西考了不同的大学。

如果不是我爸送我，如果不是我无意中听到他跟我妈的对话，如果我一直不知道我爸离开家的最终原因其实是因为我妈爱上了别人，那何西西对我来说，永远都是那个想起来会心中涨满酸涩的人。

只是，为什么你们要守口如瓶？为什么不告诉我？我爸把我拉到一边，用力拍拍我的肩膀，说道："因为我们不想伤害你，不想让你对你妈有意见。"

何西西，对不起！原来这一切都是我的错，只是，你还愿意原谅我吗？

谢谢你，让我的青春安全着陆

流水冷然

一

我和樊小柯上辈子不知道结了什么梁子，她天天和我作对。今天我和李孟蹲在墙角抽烟，被她看见了，晚上我一回家，就被老爸给狠狠地修理了一顿。肯定又是樊小柯告的密，这个死丫头。

晚上下楼遛弯的时候，樊小柯她们那群小丫头片子在跳皮筋。樊小柯看见我，大声喊道："孔铭，刚才又被你爸修理了吧，我们在楼下都能听到你的鬼哭狼嚎。"

樊小柯刚说完，那帮小丫头片子就笑作了一团。

我没好气地看了她一眼，恨恨地说："樊小柯，我这辈子认识你真是倒了大霉了。"

樊小柯的爸爸和我爸爸是同事，我妈和她妈又是那种很好很好的姐妹。

我和樊小柯上同一所幼儿园，同一所小学，直到现在同一所高中，老妈拿我和樊小柯比了15年。什么樊小柯是三好学生，你怎么不是；樊小柯唱歌唱那么好，你为什么一张口就能把青藏高原给唱成盆地，诸如此类。

二

我喜欢隔壁班文艺委员白晨晨,她时常穿着白裙子,扎着马尾辫,说话和微笑都轻轻浅浅的,眼睛如同湖水般清澈。

那天我跟她表白的时候,她皱着眉头说:"你只要亲手为我绣一个带有我名字的十字绣,我就和你好。"

我连十字绣是什么都不知道,更别提亲手去绣了。我只好去找樊小柯帮忙,她瞪大眼睛说:"孔铭,你早恋。"

我慌忙拉住她:"樊小柯,你小声点,别让人听见。还有,这次如果你还告密的话,我就和你绝交。"

我恶狠狠地说完这番话,看见樊小柯的脸上有一丝不易察觉的忧伤一闪而过。

她接着说:"白晨晨呀,我很熟,我不但不告密,还可以帮你搞定那个十字绣。"

我兴奋地说:"真的吗?那事成之后,我请你去吃香草冰激凌。"

三

后来有一天买文具的时候,妈妈突然跟我说:"铭铭,听你林阿姨说,最近樊小柯一直在忙着绣什么十字绣。你想想,樊小柯哪会这些呀,手被针扎惨了,指头上全是针眼。"

妈妈看我没什么反应,接着又说道:"我和你林阿姨就在嘀咕,这丫头是不是早恋呀。要不然怎么会忽然开始做手工啊,现在的女孩子啊,发育得都比男生早。"

我继续不说话,妈妈又说:"铭铭,我的意思,你明白吗?你可不许早恋啊，听见没？"

我怯怯地说："知道了。"

没想到当天晚上，林阿姨来我们家跟我妈说话的时候，就把我叫到一旁说："铭铭啊，你这两天在学校帮阿姨看看，我们家樊小柯是不是和哪个臭小子老腻歪在一起。有情况立马告诉阿姨，阿姨给你做你最爱吃的红烧肉。"

我竟然轻轻地点了点头。

四

之后有天和李孟他们打篮球经过学校花园时，我看见樊小柯和一个男生有说有笑。难道樊小柯真的在谈恋爱？这个死丫头，我还以为是我连累了她，害得我内疚了那么久。

樊小柯，我晚上回家就告诉林阿姨。

晚上回到家，林阿姨雷打不动地在我家和我妈聊天。林阿姨见我回来就说："铭铭，我们家樊小柯最近在学校有情况没？"

说还是不说，我最后心一狠，哼，樊小柯，谁让你跟我妈告密我抽烟，今天就不要怪我了。

于是，我就把今天在学校花园见到的情况跟林阿姨一五一十地说了。林阿姨的脸色越来越难看，不顾老妈的挽留，气鼓鼓地离开了。

第二天早上，我看到樊小柯眼睛红肿着来上学。我心里没有报复过后的开心，反而像有虫子在啃噬一般心疼。

我说："樊小柯，放学后我请你吃香草冰激凌吧。"

樊小柯看都没看我一眼，径直往前走去。

看来这次樊小柯真的生气了，我在心里骂了自己一万遍：孔铭，你是猪啊，怎么能跟樊小柯较劲呢。你忘了，樊小柯是为了帮你追白晨晨，才被林阿姨怀疑的啊。

五

又一天，李孟忽然跑过来跟我说："孔铭，樊小柯在学校花园里和隔壁班的林海拉手了。"

我不顾一切地冲向花园，到了花园，果然看见了樊小柯和林海在一起有说有笑。

我冲到樊小柯面前说："樊小柯，你不能早恋。"

林海气冲冲地说："你是谁呀？"

我一下子像被激怒的狮子一般吼道："我是谁？我就是五岁去她家和她抢蛋糕吃结果被她咬了一口的人；我就是那个四年级陪她打球却被她打了的人；我就是那个五年级陪她一起养蚕，最后蚕吃了不干净的桑叶死了后陪她一起哭，陪她把蚕埋在楼下的人；我就是她樊小柯最好的朋友，孔铭。"

这时樊小柯说道："孔铭？你是孔雀吧！那么爱出风头。赶紧走吧，别耽误我们排练，我们明天就要演出了。"

林海笑得都快不行了，说："孔铭，你快走吧。别影响我们戏剧社的排练。"

原来樊小柯最近一直在和林海排练戏剧社的演出剧目啊，我竟然还跟林阿姨告密，天哪，我怎么会做这种傻事啊。

六

我的生日到了，晚上妈妈做了一桌子好吃的菜，林阿姨带着樊小柯也过来了。

樊小柯送给我的礼物竟然是我央求她帮忙绣的十字绣。

那天临走时樊小柯偷偷塞给我一个信封，我打开信，樊小柯的字迹映入眼帘："孔铭，其实这个十字绣我已经做好很久了，一直没有给你，希望你不要生气。有件事情我很早就知道，但是不知道怎么跟你说。你不知道，你那天让我帮你做十字绣之前，我在卫生间就听到了白晨晨跟她们班女生的对话。白晨晨说，她不喜欢你，又不知道该怎样拒绝你，于是就想到拿十字绣作为说辞，希望你知难而退。可是那天看着你那么认真地请求我，我就答应帮你做了。孔铭，我不愿意看到你难过的表情……"

看完信后，我给樊小柯发了一条短信："樊小柯，谢谢你，是你让我的青春安全着陆。"

第四章

谁的青春不流泪

桃花未开，和风先至

孙晓蕙

一

晚修课间，你走到教室后门处的小房子里扔垃圾。有幸目睹女生三五成群挤在一起聊八卦的盛况，她们在痛数班上调皮大王刘铭的十大罪状。稍显迟疑的徐凝在人群中显得格格不入，你隐约听到她嘀咕了句"不是这样的"，继而欲言又止。可人声喧杂，除了你，没有人在意这微弱的发声。你一时兴起想搞恶作剧，二话不说就把徐凝扯到一旁，轻悄悄地说道："我发现你一个秘密。"

徐凝涨红了脸挣脱开你的手，皱着眉头说了句"什么呀"，眉心凝成一个结。

"你喜欢刘铭吧。"

你沾沾自喜地站在一旁，想看徐凝的笑话。可她却垂下头，否认后自顾自地说了句："我看过他善良的样子，他只是成绩不好而已，没有那么十恶不赦。"

出人意料的答案让你的脸一阵火辣辣地烧，你为自己的肤浅感到羞愧不已。你三步并作两步追上徐凝，结结巴巴地说了句"不好意思"。

徐凝冲着你甜甜一笑，顺手把头发别在一旁。你一瞬间惊觉这个女孩的美丽，像极了《诗经·硕人》里写的一句诗：巧笑倩兮，美目盼兮。

二

心动不过寥寥几秒。你变着法子制造跟徐凝单独相处的机会。她每天上学必经樱花小道，你特意早起半小时，绕路过去假装偶遇。徐凝问起，你就说自己有晨跑的习惯，然后故作老成劝诫她要好好锻炼。

但其实你的心里在暗喜：这哪里是远路，这明明是你通往徐凝心里最快的捷径。

在这条樱花小道上，发生过太多美好的事情了，你记都记不全。印象最深的是初春，樱花熙熙攘攘开了一枝头，微风一吹，细碎的花瓣飘落，美不胜收。徐凝就迎着这徐徐的风，张开嘴巴吃进一点点樱花瓣，她说她要尝尝春天的味道。

有徐凝陪着的每一天，于你而言都是诗情画意无限好的一天。

你想，若不是在那个午后因自己年少不更事，伤了彼此的自尊，你们依旧会很好吧。那天，你循例跟着徐凝踏进教室，桌面上已经放着下发的语文试卷。徐凝看后脸上瞬间晴转阴。你走过去装作无意翻起试卷："其实也还好啦，96，好歹也及格了，我不也90多嘛。"你的初衷明明是安慰，可阴阳怪气说出来却变了调。徐凝不甘示弱，她说："我才不要沦落到跟你比呢。"

自尊心受挫的你闷闷不乐地回到了座位，喜欢一个人，一点点自卑都会被无限放大。徐凝的一句无心之言，却在百转千回中被你解读出瞧不起的成分。正如《悲惨世界》里说的：真爱的第一个征兆，在男孩身上是胆怯。少了你的热情，你跟徐凝的关系很快就淡了下来。

三

有段时间徐凝的外婆身体不太舒服，她学校医院两头跑，整个人消瘦了不少。你微信打出一长段安慰的话，又一个字一个字删了。茫然间突然收到徐凝的信息："心情不太好，你放学后能陪我去甜品店吃点东西吗？"

那天刚好是情人节，你努力说服自己别多想。坐在甜品店二楼靠窗的位置，你觉得今天的徐凝跟以往不太一样。她说："你最近为什么不理我呀？"

你尴尬地否认，你才不愿意承认自己是这么小气的人。可这显然不是徐凝想要的答案，她的失落你尽收眼底，为了掩饰你只好低下头翻甜品单。

突然，她扬起头来问："你没发现我今天有什么不一样吗？"

你这才敢抬头看她。她今天一反常态没有穿校服，皮肤也好像变好了。你支吾了半天说道："没有吧！"

徐凝"哦"了一声，垂下头很久都没有说话。你的电话适时响起，是隔壁班的死党约你打篮球。你鬼使神差想到徐凝之前的嘲讽，于是你报复性地爽快地答应赴约。

徐凝眼里的忧伤一闪而过，转而莞尔一笑，大度地说没事啊你去忙。走出门坐上车，你看着徐凝在窗前的身影变成越来越小的一个点，最终消失不见。

你恍惚觉得你跟她就像两头大象，各自拖着沉重的心事，走进迷雾森林，在彼此的身上寄托过渺茫的希望，但最终渐行渐远。

四

你跟徐凝从一开始带着猜疑的疏远，最终演变成拥有真实裂痕的陌生。你跟她好久都不说话了，甚至在高考后都没有好好道别。生活好像没有什么不同，只是走在樱花小道上，你偶尔会怀念那个吃樱花时笑得很甜的女孩。

大一那年的寒假，你在客厅看电视，读高二的妹妹转过身一脸期待地对你说："哥哥，你看看我今天有什么不同？"

这话好似平地一声雷，让你心里泛起涟漪。你后知后觉地想起徐凝也说过类似的话。你皱着眉头回道："有什么不同？"

妹妹恼羞成怒，直呼"你瞎了"。"你没看到我换了裙子还化了妆吗？"妹妹一脸神秘地说，"今天我喜欢的男孩子约我出去玩。"

你愣在原地怅然若失，明明寒冬将尽，天气微凉，你却觉得自己像是在八月骄阳下暴晒的麦穗。

你一遍遍回想：她放学后特意回宿舍，在镜子前换上好看的裙子，化上新学的妆，戴上学校不让戴的手链。可换来的却是你敷衍的回答。你没有夸她的衣服，也没有夸她的妆，更没有夸她的手链。之后她还要回到宿舍换下衣服，拿掉手链，卸了妆，才回去上晚修。她家里有烦心事，她那段时间不太开心，可她还是约你吃好吃的，想要解开矛盾，放下面子跟你示好。

少女的心思，昭然若揭。如果不是喜欢，那又是什么呢？这些你在一开始就应该明白，可你却因为自尊心一把将她推开了。

五

你跑到徐凝的小区，把她喊了下来。徐凝下来的时候虽然迷迷糊糊没睡醒，脸上却挂着挥之不去的惊讶。

你认真地看着她说："我梦到我们一起走那条樱花小道了。还有那天去吃甜品我不应该走的。我还欠你一句对不起。徐凝，我喜欢你。"

你说得语无伦次，徐凝在一旁睁大了眼睛。

你自知失礼，讪讪地说："这些话我只是想说出来，时过境迁，你别放在心上。刚好路过我就来看看你，你有男朋友了吧，他对你好不好啊，他一定要对你好啊。"

徐凝突然就哭了。

"他对我很好，我们考上了一个学校。"

你点点头。小区内有小孩子欢乐地玩着吹泡泡的游戏，透明的泡沫在阳光下变得色彩斑斓。恰巧有一个很大的泡泡落在了徐凝的食指上，你笑着说："这是我送给你的一百克拉的钻石，你一定要幸福啊。"

话音未落，泡沫就无声破裂了，剩下细微的水渍，太阳一晒就没了。你哑然失笑，挥挥手跟徐凝道别，然后在余晖中绕路走回了樱花小道。

樱花未开，你抚着树干。想起元稹那句：樱桃花下送君时，一寸春心逐折枝。

你知道，新的春天，又要到了。

你是我青春的一道光

我在时光路口，等候一场星辰

毕桂涛

一

陆辰曾和我说，在傍晚闭上眼睛默念自己的愿望，然后轻轻睁开眼睛，望向天边薄薄的晚霞，这样连续坚持3天，就可以在不久的将来实现自己的愿望。天真的我起初对此深信不疑，以为只要足够诚恳，一定可以梦想成真，可事实上试验多次过后，依然毫无效果。于是，我把陆辰独创的"愿望理论"归结为"美好的谎言"，只可想象不可实践，因为实践过后就会发现希望越大，失望越大。

对此，陆辰一直不承认，甚至还狡辩说："你要相信，你的愿望不是没有实现，而是还没到实现的时候，什么事情都是有酝酿过程的。更何况我当时说的是'在不久的将来'，并不是'立刻''马上'，请你认真听讲好不好，何小姐？"陆辰说话时一本正经的样子，仿佛辩论赛的选手似的，据理力争又有点好笑。

我双手叉着腰说："我才不相信你的鬼话！你以为我还会再次上当受骗吗？"我本想发出一声冷哼——就是那种带有诡异、轻蔑意味的冷哼。可没想到，我用力过猛，竟然不争气地流出两行鼻涕。瞬间，我像一只惨兮兮的过街老鼠，恨不能找个地洞钻进去，永世不再出来。

这一幕尴尬而又难堪的景象，着实逗笑了刚才还沉浸在严肃气氛之中的陆辰——只听见他那爽朗的笑声在我耳边回荡。这样的陆辰，简直令人深恶痛绝，我再也不想见到他！虽然放出了狠话，可过不了多久我还是会忘得一干二净。

二

陆辰是学校动物救助公益社团的成员。几乎每个周末，他都会和其他社员去本地的动物救助站进行志愿服务。有时他们也会去那些流浪猫和流浪狗经常出没的地方，为它们带去猫粮和狗粮，以便让它们大饱口福。

我是因为陆辰加入动物救助公益社团的。起初，我并不太喜欢小动物，并且认为它们脏兮兮的样子实在不可爱，可是跟着社团进行了几次动物救助和关爱活动后，我渐渐开始懂得陆辰为什么那么执着于动物救助，不肯落下每一次参与公益活动的机会——因为那份爱，因为那份来自心底的温暖。

陆辰听说旧菜市场附近有一群流浪的橘猫，于是他决定周末去那里一趟，给它们带去猫粮。我当然是死皮赖脸地跟着去了，不光是为了猫，也为了能和陆辰多些相处的时间。坐车去菜市场的路上，陆辰在车上和我说了很多关于流浪动物的故事。故事都是真实发生的，有的极其搞笑，有的十分浪漫，还有的感人肺腑，那一刻的我，觉得陆辰身上散发着一种温暖的光芒。

到了目的地，陆辰等了半个多小时才找到那群流浪猫。每只猫都像如临大敌般警惕，生怕我们会伤害它们，陆辰只是在原地撒下了半袋猫粮，然后往后退了三步，在旁边远远地观望着那些流浪猫。这时，那些猫儿才敢慢慢靠近，贪婪地抢走猫粮。

"你还挺轻车熟路的嘛。"我在一旁小声地说道。"它们其实和人差不多，刚开始相处时充满戒备，但后来如若发现彼此是真心相待，也自然会愿意和你接近。"陆辰一边说着，一边继续在地上撒着猫粮。

最后等我们快要离开的时候，那些流浪猫已经围在他的身边了，像是漫天的星辰绕着月亮。我深深地被眼前的这一幕所震撼，确切地说也谈不上震撼，但确实让我改变了很多原有的想法。

"何念，你看看这些小猫，可不可爱？"陆辰摸着一只流浪猫的脑袋，轻轻地说。"嗯！"其实我原本是对动物毛过敏的，但在那一刻我不知为什么，竟然鬼斧神差地摸了一下那只橘色的小猫，像是一团柔柔的柳絮在手中开了花。

三

初中时，我和陆辰都是走读，上学和放学时在校门口会经常碰到。但因为回家并不顺路，我也没办法故意制造一起上下学的机会，这仿佛是我内心深处执拗的事。因而，我和陆辰也只能在校门口遇见的时候象征性地打一下招呼，然后走到第一个路口就不得不各走各的路了。

初二的一个夏天，晚自习结束后意外地下起了大雨。雨势越来越大，生生地把很多走读的同学困在了学校，我和陆辰自然也不例外。我俩站在教室的窗前面面相觑，希望等一会儿雨就可以停下来，或者雨势小一点儿也行。可命运总是捉弄人，雨势不但没有小，反而"愈演愈烈"，像是放肆地嘲笑我和陆辰的侥幸心理。

没办法，只能另想他法。不一会儿，陆辰不知从哪儿淘来一把旧式雨伞，伞蓬周边有些损坏，但是不妨碍撑伞避雨。"何念，这把伞给你吧！虽然有点破，但可以凑合用，撑回家应该没问题。"陆辰毫不犹豫地把伞递给了我。

"伞给我了，那你怎么回家？"我急问。"我跑回去就行，这点儿小雨还难不倒我。"陆辰轻松地笑了笑。因为伞的归属问题，我们争执了好一会儿，最后还是陆辰做出了妥协——陆辰先送我回家，然后他再撑着伞回家，这样谁也不至于淋雨。这真是个完美的策略！我偷偷地想。

于是，两个瘦小的身影就隐没于瓢泼的大雨之中。我和陆辰共同举着那把破旧的雨伞，伞上的雨滴不时飞溅到我们的脸颊上，像冰爽的薄荷糖含在口里般漾起丝丝的凉意。而陆辰却一直悄悄地把伞往我这边偏一点，再偏一点，我发现之后，狠狠地将伞推了回去，所以我们终究还是在那个雨夜淋湿了衣服，我却始终感觉暖暖的。

夜很黑，雨声很大，发现我怕黑的陆辰竭力转移我的注意力——我们在伞下大声歌唱，唱最流行的歌曲；我们在幽邃的马路上一起飞奔，弄湿了刚买的新鞋；我们彼此傻笑，笑声里带着青春的符号。

那晚，我和陆辰挨得很近很近，我可以清楚地看见他眉间的淡痣，也可以清晰地听到他浅浅的呼吸，甚至可以装作无意地握住陆辰那双扶着伞柄的手……

四

一年之后，我和陆辰的故事在寂静的时光中渐渐落幕了。陆辰去了三中，我因一分之差去了五中，于是，我们两个人便成了咫尺天涯的好朋友，只能通过偶尔的几个电话和假期的几次小聚，来了解对方。

但直到那次陆辰回信后，我才得知，原来他在那个雨夜带了伞，为了找个借口送我回家而想出一起撑伞的主意……我捧着那封信愣了很久，像是一阵清风柔柔地吹散了缭绕在心头的雾霭，霎时豁然开朗。

  我在一场青春的等待中终于守得云开，见得月明。那个有趣、善良、温暖如初的少年，站在时光的路口，冲我招手，对我傻笑，仿佛漫天星辰，熠熠夺目。

夏天长巷里的风，一吹就是好多年

王树霞

一

漫长闷热的夏日午后，门外槐树浓荫里的蝉叫与屋中大人的呼噜声此起彼伏，我却头枕着双手，跷着二郎腿毫无睡意。

在吃了半块沙瓤西瓜，喝了两瓶冰镇饮料，动漫追到更新处，吉他谱弹了十来遍后，我实在无所事事，便在嘴里塞了块糖，起身去找一巷之隔的阿静玩。

阿静家和她奶奶家紧挨着。我踩着青石板一路走去，还未进堂屋，就听到她奶奶家传来一阵打扑克的吆喝声。

"对九！"圆桌前的一群伙伴中，一个我未见过的男生，酷酷地甩出了手中的牌。他一抬头，我俩的视线撞了个正着。我不好意思地垂下眼帘，他却特好意思地一直盯着我看。

于是，我很不自在地拖了个椅子，紧挨着阿静坐下。"这人谁啊？""对Q！"阿静忙里偷闲地告诉我，"我表哥宇骁，暑假来奶奶家住段时间。"

二

"你要不要玩？"他朝我扬扬手中的牌。"我……我不会。"一张嘴就被口水呛了一下，我努力憋着咳嗽，使劲拽了拽阿静。

"她不会啦，她只会玩吉他，不会玩牌。哎，该谁了？快点，快点。"阿静咋咋呼呼地踹了旁边的人一脚。这个叫宇骁的男生脸上闪过一丝惊讶后，似乎对我更加好奇了。

一群人玩到下午四点多，有些意兴阑珊。不知谁提议，去巷子里玩抓小偷游戏。这么土味的娱乐活动，本以为会招来一阵嫌弃，没想到居然引得众人一致响应。

在游戏过程中，我隐隐觉得宇骁在针对我，在他又一次扮警察角色时，裁判的"开始"话音未落，他就一巴掌狠狠地拍在我后背上："哈哈，抓住你啦！"一阵火辣辣的疼袭来，我半天没缓过劲。摸着后背望着他那双得意的丹凤眼，我又气又委屈，于是呜呜地哭了起来。

"哎，你多大了，还哭……你别哭啊。"他有些不知所措地杵在原地。大人闻声赶来，阿静安抚着我，她姑姑用手戳着宇骁脑袋，训他不知轻重。我狠狠地瞪了他一眼，看到他难堪的模样，便牵着跟出来的小狗气呼呼地回家了。

三

那天晚上，我做了一个噩梦，梦见一只有丹凤眼的黑色大猫，锲而不舍地追着我跑，我四下逃窜，甚至飞天遁地，都甩不掉它。醒来后的我大汗淋漓，望着天花板惊魂未定。

这梁子算是结下了。我发誓，这个暑假宁愿在家看书，也不踏进阿静奶奶家半步！若违此誓，我每天自罚多弹20遍谱子，多做100个仰卧起坐，多写两张数学试卷！

我还是挺佩服自己的，宇骁在的那些天，我真的再没找过阿静玩。

阿静来喊我时，我看到站在不远处朝我尴尬打招呼的宇骁，便开启了嘲讽技能："卿乃何灰？"

"啥？"宇骁挠挠头。我咣当一下把门关上，心里瞬间舒坦许多，完全无视门外他气急败坏的大嗓门。

时间的治愈力很强大，在一天天飞驰而过后，我好像渐渐忘了宇骁曾带给我的不快。第二年暑假的某个午后，我在吃了半块沙瓤西瓜，喝了两瓶冰镇饮料，动漫追到更新处后，实在无所事事，便背着吉他，起身去一巷之隔的阿静家。

四

"我赢了！"刚走进堂屋，我便看到了一群人中正甩着扑克的宇骁。这就尴尬了，我在心里暗暗叫道，咋就忘了这个讨厌的家伙暑假会来。

他抬头望见我，有一刹那的走神，随后竟仰脸温柔地笑："一起玩？"什么情况？主动示好？俗话说伸手不打笑脸人，我的嘴角竟也不由自主地弯起，不计前嫌地朝他摆了摆手。

这次大概换了玩法，输了的人要在脑门贴白条。宇骁有如神助，在接下来的牌局中，竟然一次也没被惩罚。"啊，不玩了，今天手气不好。"其他人嚷嚷着。

"宇骁哥，你自从珊珊进来以后，就没输过啊。"阿静打趣道。他居然又望着我笑了起来，好像哪个明星。那一瞬间，我突然觉得他挺好看的。

五

"我们玩真心话大冒险怎么样？"人类的本质就是好奇心强，此提议一出，无不赞同。翠绿的酒瓶转呀转，瓶口在宇骁面前缓缓停住。

"真心话还是大冒险？""真心话，哥有啥不敢说的。"他酷酷地拍了拍胸口。

"那……"阿静的眼神在我们两个人身上扫来扫去，"一个男生总想欺负一个女生，是因为喜欢她吗？""哦——"众人齐齐发出带音效的八卦声。我紧紧拽着裙摆，哎，我紧张什么啊？

"还……还是大冒险吧。"宇骁瞥了我一眼，耳边染上一丝绯红，大家拍桌大笑。

阿静摩挲着下巴："那你就……让珊珊心甘情愿地为你做一件事。"塑料姐妹情！我红着脸拼命挠她的痒。

"你……愿意吗？"宇骁投来询问的目光，可我分明瞅见，他搭在膝盖上的手有细微的颤抖。"答应他，答应他！"所有人都在起哄，连阿静奶奶都笑得合不拢嘴。

六

"你不是带了吉他吗？"阿静用胳膊肘戳我。我看着宇骁，轻轻地点头。

调了调弦，我应景地唱了一首《夏天的风》："夏天的风正暖暖吹过，穿过头发穿过耳朵，你和我的夏天，风轻轻说着……"宇骁与大家一起打着节拍，他深邃的眼眸里流转有光。

那个下午，我们一起唱了好多歌曲，特别尽兴。阿静奶奶抱来一个大西瓜，刚切了小口，西瓜就炸开在桌上，像我藏不住的心跳声。

宇骁并没有在这里待太长时间，因为明年要中考，他回城里上补习班了。我心里居然空落落的，听着窗外热火朝天的蝉鸣，觉得聒噪无比。

暑假结束的前两天，我正给门口的几株绿植浇水，突然听到有人说了声"嗨"。穿着浅色格子衬衣的宇骁，正微笑地看着我。"你怎么来了？"我的惊喜脱口而出。"这个给你，你回去再看。"他塞给我一个吉他形状的小木盒子。

"姥姥身体不大好，我妈决定把她接到城里住，我是缠着我妈来的，以后就不过来了。"我握着盒子，望着他清秀的眉眼，心里酸涩难耐。

"保重。"我们看着对方，异口同声地说。

七

相遇与离别是人生常态，却在我十三岁的夏天猝不及防地发生了。不久，阿静一家因为她爸爸工作调动，也搬离了这里，我和宇骁算是彻底失去了联系。

日本动漫里，很多邂逅都发生在夏天的乡下。有人说，日语里"夏天结束了"是有隐晦意思的，它代表着某天突然察觉到的凉意，还有一些不了了之的心绪。

我和宇骁在夏天相识，也在夏天分别。可他带给我的，不仅是一套精致的吉他拨片，一句"弹吉他的女生都很美"的纸条，更是一场泛起涟漪的相遇，而它们也将永远定格在我人生的十三岁。

动漫《萤火之森》中，萤说的一句话是："也许我有很长一段时间，不会期待夏天的到来了吧。"我想，我也是。

你是我年少的一束光

李兰清

一

冬日寒风凛冽，尽管南方极少飘雪，李一诺此刻还是被冻得瑟瑟发抖，双手笨拙地握着自行车手把，逆着风一路向北往家的方向骑去。自从高二文理分科之后，一诺越发觉得时间紧迫，似乎嗅到了高考战场硝烟的味道。

就在一诺思绪游离的时候，身后响起清脆的自行车铃的声音，一诺回头一看是个少年，似曾相识却又叫不出对方名字。眼前这个男生倒是很爽朗地说道："一诺，原来你回家也是要走这条路啊，怎么以前没遇见过你？"一诺惊讶于对方叫出了自己的名字，男生自顾自地说："我们是同班同学，我坐在第5组，倒数第3排靠窗那个位置，我叫苏小北。"一诺害羞地低下头，长这么大自己都没主动和男生说过话，同学都以为她是傲娇的小公主，其实她是性格内向不善言辞。"苏小北"，一诺在心里默念了一下这个名字。

回家的路上，华灯初上，道旁的街灯把少男少女的身影拉得很长，往常这个时候，一诺都是形单影只，今天有点儿特别，多了个同班同学，两人一边骑车一边聊天，归家的路途似乎多了些温暖。快要下坡的时候，苏小北说："一诺，我的手套给你，天冷你戴着，我一个大男生皮糙肉厚，不怕冻。"一诺看着自己冻得发红的手指头，点了点头，对眼前的这个男生莫名多了几分好感。

二

兴许是因为那次骑车归家的经历，李一诺开始在意这个叫苏小北的男生，目光总是不由自主地搜寻着他的身影，却又不敢与他对视，那躲闪的眼神多多少少隐藏着少女的心事。

生活有时候像个魔术师，把原本毫无交集的两个人牵扯到了一起，那些隐隐约约的悸动，那些说不清道不明的心绪，让一诺的女孩心思剪不断理还乱，青春的烦恼不约而至。即便如此，一诺还是默默地在日记里告诫自己，在即将升高三的这个转折点，要清楚自己的角色，要努力考上心仪的大学。

就在一诺准备收拾东西离开教室的时候，苏小北拿着一套英语模考卷子走过来并向她询问，一诺耐心细致地给他讲解错题，末了还教苏小北如何将错题归类。两人四目相对时，忽地一下少女的脸就红了。结束讲题后，两人很有默契地一起骑车回家，路上苏小北问一诺她的心仪大学是什么，一诺说她喜欢英语，广东有所大学外语类专业很有名气，广交会很多企业都指明要那里的毕业生。苏小北接着问："你不考虑其他城市吗？"一诺说："我爸妈不希望我离开广东省，我的体质也不适合寒冷的气候。"

三

草长莺飞，秋叶飘落，高三的生活如期而至。密密麻麻的课表，堆积如山的题，李一诺有条不紊地穿梭于两点一线。日子虽然乏味与疲惫，但是想到心仪的大学，一诺心里便多了几分执着。

高三学习的道路注定是道阻且长，好在有苏小北心照不宣地陪伴着，每天相约骑车回家的那些细碎时光，照亮了一诺苦行僧般的生活。一诺稳打稳扎复习所有科目，成绩噌噌地往上涨，那些未完成的事未圆的梦，还在继续着。

一个星期以前，一诺悄悄地整理了一本英语冲刺宝典，里面有近5年的高考易错题还有高频考题。她在本子上细心地贴好标签还用不同色号的笔去标记，方便苏小北翻阅复习。自行车车棚里，李一诺左顾右盼地等着苏小北，手里紧紧攥着那个承载了她心意的笔记本，当苏小北站在一诺面前时，少女的心怦怦跳，"这……这个笔记本送给你，希望能帮到你。"一诺有点语无伦次，生怕自己的心思被苏小北看穿。苏小北一如既往地大大咧咧，来者不拒，收到别人的礼物总是乐呵呵的。他随手一翻，发现笔记本扉页上写着：just for you（只为你）。

四

时光从彼此单薄的青春里打马而过，转眼已是高三下学期，一诺的父母觉得她每日在路上来回奔波，浪费了太多宝贵时间，最后要求一诺住校，养精蓄锐，争取在有限的时间里高效率地冲刺高考。

一诺在心里想着，等高考结束拿到大学录取通知书，她就向苏小北表明自己的心意，她决定勇敢一回。

晚自习结束后，一诺回到宿舍，发现室友尹婷婷正聚精会神地坐在下铺看笔记，一诺好奇地走过去，赫然看到笔记本上那熟悉的字迹，她的心在那一刻不由自主地抽了一下。尹婷婷不知道，眼前这个笔记本曾经的主人就是一诺，而苏小北竟然将一诺视为珍宝的笔记本转赠给另一个他心仪的女生。

一诺的心隐隐作痛，那些她熬夜整理笔记的夜晚，那些她绞尽脑汁为他撰写的解题思路和技巧，苏小北到底有没有珍视过？

一个人身边的位置只有这么多，苏小北能给的也只有这么多。

五

一诺的日记本就像是树洞，那里藏着少女难以诉说的心事。高中原本是无聊的，苏小北偶然的闯入带给了一诺些许的亮光，点燃了她内心的悸动，只是不知道为什么两个人走着走着就散了。是的，苏小北从来就没有亲口对一诺说过"我喜欢你"这四个字，她又用什么身份去责备苏小北呢？

所幸的是，一诺如愿拿到了广东外语外贸大学的录取通知书，而苏小北和尹婷婷同时考上了北方的一所重点大学。也是在朋友圈里，一诺看到了苏小北和尹婷婷的合照，苏小北身旁的她浅笑嫣然。一诺想：自始至终都是自己像傻瓜一样一厢情愿罢了……

青春难免疼痛，好在光阴悠长，一诺在以后的日子里也慢慢释怀了，日记本里，一诺写下这么一段话：他本来浑身是光，有那么一瞬间，突然就黯淡了，成为宇宙里一粒尘埃。我努力回想他全身是光的样子，却怎么也想不起来。后来发现，那是第一次与他四目相对时，我眼里的光。

你是我青春的一道光

我的少女时代

骆 可

一

小呆其实有一个很好听的名字，陈昊泽。可苏梦寒偏偏要叫他小呆。

"小呆，你的圆珠笔借我一下！""小呆，你的语文卷！""小呆，你到底长没长脑子！"

陈同学刚开始还反抗，说："我有名字好不好！你全家才叫小呆！我叫陈！昊！泽！"可叫到最后，不光是苏梦寒，连班上同学也都对他被叫小呆一事喜闻乐见起来，他就彻底放弃了抵抗，小呆俨然成了他的代名词。

他觉得上辈子肯定是欠了苏梦寒的，才会次次栽在她手里。

苏梦寒不以为然，"谁让你总是欺负我！"

"我？"小呆指着自己的鼻子，再指指苏梦寒，"欺负你？"他的潜台词是她不欺负他，他就阿弥陀佛了。

这不，化学课刚上课，小呆听得云里雾里眼看着就要去会周公了，苏梦寒在后面猛一踹凳腿，吓得他一激灵，直接站了起来。

因为没人举手回答问题，正要发怒的老师，看到有人站起来，瞬间露出欣慰的笑，"好，你来回答这个问题。"

于是，他在大家憋着笑埋头装鸵鸟时，战战兢兢地问了句："老师，您刚才问什么？"

结果可想而知。

小呆站在走廊里，看着苏梦寒故意投过来的似有似无的笑，瞬间在心里想把她臭骂一万遍！

二

苏梦寒拿着书去五楼上英语课时，小呆终于找到了复仇的机会。

他将苏梦寒写好的语文作业偷偷换掉，又在她凳腿下放了四个摔炮后，一转身，看到正走进教室的周于生。

他和周于生是班里仅有的两个学俄语的人。苏梦寒曾感慨，看着他们卷起舌头来说话，真替他们感到难过。

小呆并不这样觉得，每当他用她听不懂的俄语损她，看她气得七窍生烟却又干不掉他的样子，就有种心花怒放的感觉。

就像现在。

想象着一会儿苏梦寒下课回来，没注意一坐下就被吓得四脚朝天的样子，他已经忍不住要仰天狂笑。他拍拍周于生的肩膀，"哥们儿，你该不会告密吧！"

周于生看一眼凳腿下的摔炮，再看一眼小呆，"你为什么一定要针对她呢？"

针对她？有吗？

不知从什么时候起，捉弄苏梦寒似乎成了他的人生必修课。小时候，他也捉弄过其他女生，可那些女生胆子太小！桌洞里放个玩具蛇，身上丢只小虫子就吓得哇哇大哭，他觉得没意思极了。

可苏梦寒不一样。你扔只蚂蚁过去，她必会丢只青蛙还给你！你若让她初一不痛快，她肯定也让你过不好十五！

所以，当苏梦寒像以往那些小女生一样，被摔炮吓得趴在桌子上哇哇大哭时，小呆一下子手足无措起来。

他原本做好了打死也不承认的准备，可突然看到女汉子苏梦寒没有大刀阔斧地冲过来揍他一顿，瞬间乱了阵脚。

"苏梦寒，你没事儿吧？"

在他毫无准备地被苏梦寒用力一推，直接摔个狗啃屎后，才发现她原本晴空万里的脸上已经笑出了眼泪，她不屑地说："小样，和我斗！"

三

让苏梦寒郁闷的是，自从小呆上次被戏弄后，就彻底从武斗变成了文斗。

他不再没事揪她马尾，贴只画好的青蛙在她背上，而是当她走进教室时，埋头写作业时，和别人探讨问题时……冷不丁地扔过来句俄语，然后挤眉弄眼地看她。

那表情仿佛在说："有本事你来咬我啊！"

苏梦寒气火攻心，却毫无办法。还好班上还有一个周于生，一个优秀到十项全能的男生。于是，在苏梦寒"N顾"周于生后，他终于答应可以教她俄语。

小呆再一次用俄语挑衅时，苏梦寒面无表情地用俄语回了句骂人的话，某人瞬间就石化了。

看着小呆惊讶的表情，苏梦寒一下子给了周于生一个熊抱。等到小呆铁青着脸离开，她才不好意思地解释："我刚才太高兴了。"

周于生温和地看着她，"你好像很在意他。"

"在意他？"苏梦寒狂笑三声，"我脑子又没病！"

是啊，她脑子又没病，怎么会去在意一个脑子有病的人呢。不过，自从有了周于生这棵大树，她再也不用怕小呆了。可好景不长，还没高兴多久，就传来"噩耗"，周于生要转到外地上学了。

她沮丧极了，如热锅上的蚂蚁。真不敢想象没有周于生在的日子会有多惨！

看着一脸颓丧，如斗败了的公鸡般的苏梦寒，周于生安慰她，说在走之前，可以再教她点儿俄语，以便不时之需。

他简直太有先见之明了！苏梦寒乐得就差没把脚举起来了。

四

虽然周于生走了，却没有带走苏梦寒和小呆之间的战争。

有一天，小呆再一次做了件让她头痛的事情后，她猛地想起周于生临走前和她说的那句俄语。

那是他第一次没告诉她什么意思，她也没有问。但在那么关键的时刻，他留给她的必然是必杀技！

于是，在小呆继续吐沫横飞时，苏梦寒打算说出这句话让他一招毙命！

这句话一说完，小呆整个人变成一只呆头鹅，傻乎乎地望着她，破天荒地第一次主动闭上了嘴巴。

"这也是周于生教你的？"

苏梦寒认真地点点头。

"难道他没告诉你这句话是什么意思？"

什么意思？难不成是要找我借钱？！苏梦寒心想。

周于生的那句话是什么意思她不知道，苏梦寒只知道小呆这小子肯定心里憋着什么坏，不然怎么会因为区区一句话，就偃旗息鼓了呢。

可是，自从那天以后，小呆竟出奇地安静，不再和她针锋相对，即使有时她无理取闹故意激怒他，他也不发火，大多数是望着苏梦寒背影苦笑。

这样的日子她倒有点儿不习惯，不习惯于小呆的安静，不习惯于没人吵架。时光荏苒，她和小呆毕业了。

一年后，她收到小呆的来信。

他在信上写："你看过《那些年，我们一起追的女孩》吗？知道我为什么总喜欢和你吵架吗？为什么又突然不再和你吵架？和周于生比，我太微不足道了。"

那个有着强烈阳光的午后，苏梦寒一个人走进了电影院。在一片唏嘘声中，似乎又回到了曾经的那段时光，那段关于青春，关于掩于心却止于口的时光。

胡夏在那里低低地唱：好想再回到那些年的时光，回到教室座位前后，故意讨你温柔的骂……

某年某月的某一天。

礼仪课，小呆站在讲台上，苏梦寒笨拙地帮他打着领带，周围是同样缺乏默契的搭档，当苏梦寒的手无意间划过小呆脸颊时，他的脸瞬间就红了。

下课，有男生起哄，"你不是喜欢上苏梦寒了吧？"

他有些不自然地用力清了清嗓子，"我就是喜欢阿猫阿狗，也不会喜欢苏梦寒那个母夜叉！"

苏梦寒本来浮着的一颗心，终于落到实处。还好自己没有想太多，没有误会，不然被他知道……苏梦寒捂着自己的胸口，刚才好险！

如今，小呆在信的最后说，周于生最后和你说的那句话，也正是我想和你说的——苏梦寒，我喜欢你。

第四章　谁的青春不流泪

你是我一首唱不完的歌

路小远

一

正是九月开学季，小镇像被笼罩得严严实实的大蒸笼，热得让人喘不过气来。

池小浅拿着行李到达所在班级的女生宿舍时，那里已经是一片沸腾了，小镇只有这一所中学，本来就不大的宿舍除了一群女生拥挤的身影之外，别的再也看不到什么了。

宿舍很简陋，是早些年的上下铺，池小浅看着眼前熙熙攘攘的一切，无奈地低下了头，一种无力的自卑感席卷全身。

她垂头看着自己身上已经被洗得发白的衣衫和破旧的行李箱，不知道自己该怎么和这些穿着鲜艳时髦的同学去抢铺位。

叶微蓝就是在这个时候发现她的，她扬着清丽又不失可爱的小脸蛋走向她："你也是这个班的新生吗？你为什么不过来抢铺位呢？"

那是池小浅第一次见到穿着那么好看的T恤的女孩子，她想，这个漂亮的女孩不嫌弃她衣着破旧吗？她不觉得她的穿着与她有着千山万水的距离吗？

明显地，叶微蓝对她没有半点儿的嫌弃，相反，她对这个一脸无措和窘迫的小女孩有一种莫名的好感，如果可以的话，她想和她成为很好很好的朋友。

二

很久以后，两个人的感情已经深厚到"即使没有男朋友也有我这个闺密说爱你"的程度了。池小浅问叶微蓝："新生办理入住那天，她们都那么着急地抢铺位，收拾行李，你为什么看到我以后就过来和我打起招呼来了呢？"

叶微蓝嘻嘻地笑："可能那时候我觉得你站在那里，有一种特别的气势吧，别人都在那里因为个上下铺抢得头破血流了，你还一副与世无争的样子，嗯，怎么说呢？就是那一瞬间感觉你特别牛吧。现在，我的好妹妹，你是我一首唱不完的歌。"

怎么也想不到当时自己在她心里留下的是这个印象，池小浅有些感动，其实一直以来，她对叶微蓝都充满了感激和尊崇。

三

变故发生在高三那一年，因为一个叫林嘉树的男孩子。

那时她们已经做了六年的同窗，也一起从当年的小镇来到了县城，池小浅家里的条件也比以前要好许多了。两个年纪相仿的小女生整天要好得很，每天都有着说不完的话，讨论不完的话题，惹得班里的女同学都说她们好得跟个连体婴儿似的。如果不是后来发生的那些事，她们本来约好要考同一所大学的。

把暗恋林嘉树的秘密说给叶微蓝听时，池小浅羞得连头都快要抬不起来了，甚是觉得以自己的条件暗恋那么优秀的男孩子是一件很丢脸的事情，倒是叶微蓝听后使劲拍着她的肩膀说："妹妹你去追，拿出点勇气！我看你们两个挺般配的。"池小浅听完她的话虽然嘴上一直说着怎么可能，他不会看上我之类的话，但心里是抹了蜜一样的甜。

四

被林嘉树堵在教室外面的时候，池小浅心里是有着期待的，哪怕她深知一切不可能，但还是想着自己暗恋的男孩子也许是心仪自己的，她听着自己的心跳急剧加速，一下比一下响，一下比一下沉，她感觉到自己的脸红得快要烧起来了，就连原本轻握着叶微蓝的手也不由自主地加大了力度。可是，她清楚地听到，林嘉树喊的是叶微蓝的名字，身高一米八穿着白色衬衫，帅气得令人移不开目光的大男孩，喊着叶微蓝的名字，他说："叶微蓝，我给你的表白邮件你收到了吗？如果收到了你怎么着也得回一封是不是？如果没收到，我再给你写一封，你看行不行？"

那天叶微蓝说了什么她没有听见，林嘉树后来说了什么她也没有听见，耳边像是有无数人在讲话，又像是全世界安静得只剩下她自己，她不知道自己该做些什么，身心俱疲，唯有逃避。

其实她都明白，也一直很清醒，如果她是林嘉树那样的男生，也一定会毫不犹豫地选择可爱大方又能歌善舞的叶微蓝，可她是这万丈红尘里的一个凡夫俗子，无论怎样为叶微蓝还是林嘉树或是她自己找借口，她都逃不过自己的内心，她和她不可能再像从前一样好了，即使她们都没有错。

五

林嘉树会找上她，她是真的没有料到，她目光沉静地看着眼前这个她暗恋了三年的男孩子，他很大声地指责她，像是她犯了什么不可饶恕的罪过。他说："池小浅，你知道吗？我老早就喜欢上叶微蓝了，之所以选择在高三跟她表白就是因为我想和她考同一所大学，我想永远地和她在一起，我知道她是因为你才不想和我在一起的，我知道你们是很多年的老朋友了，可是池小浅，你没必要因为你自己得不到，也不让你最好的朋友得到吧？"

利剑一样的言语扎在她的心上，痛得她冷汗淋漓，她不知道自己该怎么去辩解，她没有想过那样，她发誓，她真的没有想过不让他们在一起，她只是需要时间来缓冲去接受这一切，她只是需要一个说服她死心的理由。

可是叶微蓝没有给她这个理由，她很突然地转学了，那已经是高三下学期了，除了因为林嘉树，除了因为她的小心眼和自私，池小浅想不出叶微蓝还会有别的什么理由转学，她决绝地连她想跟她说一句对不起的机会都没有给。

六

池小浅向许多人打听过叶微蓝去了哪里，在QQ和微信里也写了很多留言，但都如石沉大海般没有回音，甚至在她转学以后，林嘉树都来找她道歉说那天不应该说那么重的话，如果知道叶微蓝去了哪里，请一定要告诉他！

不知道叶微蓝会不会原谅她当初刻意的疏离和冷漠，但她真的很怀念她们相依相伴的日子，她很想念那个爱唱歌的女孩子，她也很想念那个跳起舞来让人觉得全世界都在旋转的女孩子，她更想念那个爱打抱不平将她护在身后的女孩子……

那些感觉，无论再过多少年，她都不可能忘记。

突然有一天，那个叫叶微蓝的善良女孩的QQ头像闪烁起来，有一个灿烂笑脸表情，她留言道："不是不联系，是因为爸爸调动工作，我转学到一个完全封闭管理的高中……我们都不要陷入那个并不适合的旋涡。我的好妹妹，你是我一首唱不完的歌。"

对于林嘉树，要不要把叶微蓝的消息告诉他？池小浅心里很纠结——林嘉树，对不起……

> 你是我青春的一道光

她是他青春里的那片海

✎ **浮海沉鱼**

一

叶杉顶着初秋的骄阳，一个人傻站在人潮拥挤的街头，等待那个迟迟没有出现的身影。

自从踏进高中校门那天起，除了林小今，所有人都知道叶杉心里那个不算秘密的"秘密"。叶杉像个黏性极强的泡泡糖，一直黏着这个在初中时就被他奉为"女神"的女孩。

秋季刚开学，林小今因参加学校舞蹈演出而扭伤了脚。作为班级最"热心肠"的同学，叶杉承担起每天给林小今传送课堂笔记的任务。这场行动，在叶杉的手里，变成了安排缜密的秘密行动。当然，这个秘密是除了林小今所有人都知道的。无论雷暴大雨，还是阳光普照，林小今家门前的邮箱里会准时有一份最新的笔记从天而降。每每翻开笔记，林小今总会被那一行行蹩脚的字迹惊吓到，但也会在心底涌出一股热腾腾的暖流。

林小今拨通了同桌聂帆的电话，对这个神秘笔记刨根问底。而此时此刻，正在聂帆旁边奋笔疾书赶制笔记的叶杉愣怔着杵在一旁，惊慌失措地冒出一身冷汗，他使劲地拧着聂帆大腿外侧的肌肉，让他千万要守住秘密。

第四章　谁的青春不流泪

因为叶杉每日坚持送笔记，休学归来的林小今在期中考试中取得了优异的成绩。看着班级展出的成绩排名，永远位居倒数的叶杉突然放声大笑。为林小今做的每一件事，都让叶杉觉得自己像吃了一大袋甜甜的爆米花一样，从嘴里甜到心底。

二

对这个送笔记的神秘人，林小今的心底始终刻着一串问号。在青春的道路上，成绩位居前列的林小今和纨绔厌学的叶杉之间横着一条望不见尽头的沟壑，而叶杉却想方设法地出现在林小今的身边，如同一个处处行侠仗义的隐形人，为他喜欢的女孩遮风挡雨。

夏初时节，白色素朴的栀子花开满枝头，叶杉悄悄地摘了一大把新鲜的花朵。赶在晨读课前，他把花悄悄地放在了林小今的课桌上。

看着喜欢的女孩，每天徜徉在栀子花的怀抱，这是青春期的叶杉做过的最甜蜜的梦。

进入高三，林小今要考海大的梦想传入了叶杉的耳朵。课间晨跑，叶杉几个纵步，穿过脚步震起的飞扬尘土，跟在林小今身后。

"小今，你要考海大吗？"他故作镇定地问她。

"是呀，你呢？"

"真巧呀，那片蔚蓝的大海也是我心之向往的地方。"

"那咱俩可以互帮互助，互相督促。"那一刻，林小今的话像颗甜甜的糖果，甜在叶杉的心里。

海大在叶杉的心里，就像一个遥远的问号。他并未想过要去那里，也并不知道那里的天有多蓝，水有多清。只是那片湛蓝的海水，孕育着他喜欢的人的梦想，他笃定，那亦是他青春的终点站。

叶杉在书里看过一句话："喜欢一个人，就要为她努力去变成更好的自己。"盛夏之夜，坐在窗台前，一抹凉凉的风，穿过高树和星空，轻轻地拂过叶杉的脸。他抚摩着桌前垒得高高的书，清醒地告诉自己，从今天起把那片南方的大海写进自己的梦想。

三

梦想启程之后，叶杉如奋力耕地的牛犊，用心刨着脚下的荒田，在上面耕种自己的梦想。高三第一次月考，叶杉出其不意地杀进班级前二十的队伍，当所有人都对他的成绩产生疑惑时，他心底比任何时候都笃信，自己对那个梦想和那份爱的赤诚。

再遇林小今，他比从前更多了分自信，从家回学校那段长长的距离，叶杉和林小今骑着各自的自行车，并肩而行。林小今调侃叶杉，过去的岁月暗藏在各路英雄好汉之间，安于做一个差生，其实是深藏不露。叶杉的嘴角偷偷漫上一抹窃喜。

林小今永远不会知道，叶杉孤注一掷地在青春的日日夜夜，为了她的梦想，流过多少汗，淌过多少眼泪。青春期里，总有一个人在背后为所爱默默付出，他不敢喊累，因为惧怕理想与现实之间那道长长的鸿沟。

月明山上，那个春天的晚上，微风吹动稚嫩的柳条，拂过篝火旁的少年脸颊。月夜如晖，把年少的脸庞映得格外青涩。叶杉坐在林小今正对面的位置，他的目光一刻未曾从她身上移开，对方就像一块吸铁石，久久地吸引着叶杉的心神。

同学们在高考前，相约月明山，为艰巨的梦想之战吹响冲锋的号角。叶杉在一阵如浪涛般高涨的起哄声里，起身站立，献上一首歌曲。

　　带你去看海／看海天一色的蓝／原来浪漫是那么那么的／那么简单自然／带你去看海／用我向你承诺的未来／原来幸福就是一个人／找到属于他的另一半……

　　叶杉细腻温柔的声音，对上一轮皓月，营造出特别的气氛。那张俊俏轮廓里镶嵌的一双明眸，始终聚焦于对面的林小今，歌词里唱着的，就是他和她共同的梦想。

　　一曲唱罢，漆黑的月夜里，充满着别样的气氛。歌曲结尾，同学们突然发出的哄闹声，让林小今觉得有点奇怪。那个晚上，注定成为少年们记忆里最难忘的一幕。

四

　　林小今坐在教室靠近窗户的角落，就在上课铃声即将响起的时候，叶杉如拔地而起的春笋，突然冒了出来，当他把那张纸条塞进林小今手里的时刻，或许他们平静的人生将陡然改变。

　　林小今摊开了那张纸，覆在上面那一行皱皱巴巴的字迹，像放映机里卡断复播的碟片，一帧帧地在她脑海里闪现而过。这排曾丑得令她惊愕的字迹，竟让人有些许感动。

　　她急切地读下去，终于明白，那个傻乎乎的男孩，在青春万马齐喑的战场，一直像堵密不透风的墙，紧立在她身后。她之所以能安逸地徜徉在学习的殿堂，不被外物所干扰，是因为有人替她挡住了袭来的沙石。

那个夏天过后，林小今如愿去了海大。叶杉站在秋意绵绵的路口，手里攥着心仪大学的录取通知书，终于把梦想投放进了那片蔚蓝的海洋。

叶杉的日记本中，勾画着他青春里的那片海。她就是他青春里的那片海，不远不近，刚好在青春的终点，他与那片海终于以美好的模样，重新遇见。

在叶杉的青春故事尽头，头顶的天空，泛着好看的蓝色，而在他的脚下，是随时摆动而来的涓涓细浪……

眼角余光遇到你

骆 可

一

我家对门来了户新邻居，家里有一个矮矮的、小小的，叫林尚的男生。

听楼下的阿婆说，他是外地人，随父母打工一起过来的，正在找学校。

一天放学后，我又遇到了五楼那条阿拉斯加雪橇犬的偷袭，吓得书包都跑掉了。

如果不是林尚出现，估计我连鞋也跑丢了。

都说男生发育得晚，已经十五岁的林尚长得比我还矮一个头。没想到，小个子林尚不但不害怕这条恶犬，还三下两下就让它乖乖地趴在地上。

我大口喘着气，死死地盯着地上安静的庞然大物。林尚看出我惊魂未定，友善地说："别看它长得大，其实很亲近人类。"

我往后又退了两步，"那刚才……"

林尚腼腆地笑笑，"它跟你玩呢！别怕，如果它再和你玩，你就像我这样。"林尚伸手轻轻抚摸着雪橇犬的毛，对方果然温顺得像只小猫。

虽然心里发怵，可还是被林尚拉着小心翼翼地摸了摸雪橇犬的头，那条平常总是追着我跑的家伙，竟然朝我的裤角蹭了蹭，仿佛想让我多摸它一会儿。

彼时，我心里对眼前这个小个子男生多了些好感。

二

林尚转来我们班时，我刚把男生递过来的纸条丢进垃圾筒。

不用看也知道上面写的什么，基本都是我想和你做朋友之类的废话。别说学校三令五申不得早恋，就是那些做不完的习题，也让我没工夫去理他们。

递纸条的男生脸上有些挂不住，走时嘴里嘟囔着："装什么清高！"

我懒得理他们，继续埋头做化学卷子。

等到有人在底下喊武大郎时，我才抬起头，看到站在讲台上红着脸，眼睛不知道往哪里看好的林尚。

班主任斥责大家闭嘴，问有谁愿意和他同桌。

没人吱声。男生们还在小声起哄，女生们都低着头生怕点到自己。最后没办法让林尚自己选，当他低着头一步步走向我时，我听到那个给我递过纸条的男生窃笑着说："武大郎和潘金莲！"

我恶狠狠地瞪那男生，他忙把脸转向窗外。

长得好看又不是我的错！可不把那些男生放在眼里，却成了我的错。

虽然我也并不喜欢林尚的外表，可碍于他帮过我，就用沉默的方式默认了他的选择。

于是，那些男生开始针对林尚。因为有人看到放学后，我和林尚一起回家，一起和那条阿拉斯加雪橇犬玩耍。

他写好的作业莫名其妙不见，校服上出现各种笔油，站起来回答问题时椅子被撤掉，书包里出现各种恶心的虫子……

刚开始林尚还挣扎着反抗，反抗的结果是那些男生变本加厉。有个男生又一次在他经过时伸腿把他绊个狗啃屎后，嘲讽地问："你该不会是喜欢苏小可吧！"

"我，我……"林尚原本发怒的脸瞬间红成个大苹果。

"我什么呀？"男生笑得更大声，"有什么不敢承认的？"

林尚结巴得更厉害了，抬眼看到从办公室抱回班级卷子的我，便叫了声"苏小可"。我的眼泪当时就夺眶而出。

其实我也不知道自己为什么要哭，后来想想大概是小女生特有的自尊心在作祟，仿佛被林尚这样的男生喜欢也是种耻辱。

男生们都住了嘴，林尚还傻傻地站在那里，像白雪公主里的小矮人。

三

随着总有狗咬伤小孩的事情发生，以及大量居民的举报，楼里养狗的人已经少了很多。我也不用再躲着那些狗，当然也不需要林尚的保护了。

每次放学，我要么第一个收拾好书包冲出教室，要么磨蹭到林尚走了好久才离开学校。总之，我再也不想和他扯上任何关系。哪怕在楼道里见了，也装作不认识。

我以为这样就可以万事太平，没想到树欲静却风不止。

不但那些被我扔了纸条的男生发现了问题，连我都开始觉得不对劲起来。

林尚开始频繁地看我，虽然只是眼角的余光，却很容易被人捕捉到。听课时，做卷子时，连被老师叫起来提问都把余光飘向我这里……等到我看过去时，他又突然把目光转向别处，表情带着生硬和不自然。

　　林尚的成绩开始急速下降，被老师叫起来回答问题时经常"啊啊"不知所以，瘦弱的手臂上突然多出许多吓人的掐痕。

　　而我已经好多次在英语测试时，明明选的是A，却因为他的目光填成了B！连写个作文，都仿佛被人偷窥一般。

　　与此同时，我和他的传闻也甚嚣尘上。

　　连班主任都找我谈话，说林尚只是个转学生，成绩好不好都不算在班级成绩里，可我就不一样了。我知道老师的话外音，意思是不要因为其他事情影响了成绩。

　　又一次晚自习，他的目光不时地飘过来，我终于爆发了，"林尚，你能不能不总是看我！"

　　林尚呆了，所有人都呆了。安静的教室里瞬间只剩下清晰可闻的呼吸声。

　　"难道你真的喜欢我吗？"我当着全班同学的面大喊出声时，他的目光刹那黯淡了下去，有那么多的悲伤汹涌而至。

四

　　林尚转学了。没有人去关注他的去向。

　　我的世界终于又恢复到之前的平静。上学，放学，听课，考试。每个月的月考和成绩排名让所有人都忘了之前的事情，仿佛这个班级里从来没有一个叫林尚的男生出现过。

　　过了很久，等我又见到五楼那条阿拉斯加雪橇犬，才想起他，想起小个子林尚。听楼下阿婆说，那家人突然就搬走了，不知搬去哪里。

我心里顿生歉意，如果不是我用那种方式来宣泄心中的压抑，也许他不会走得那样急切。

而那个时候，我并不知道有一种病叫余光强迫症，如果不是我无意中进了一个叫"强迫症"的贴吧，也许永远都不会懂那些目光的意义。

那里面有一个男生发的帖子。

他说，因为长得矮小，从小到大没有人愿意和他一起玩。后来到了一座陌生城市，因为一条狗遇到一个女生，他们还成了同班同学。只是自卑的他没想到会给她带来烦恼，自己得了一种怪病——越想与她拉清界线，越是控制不住地去看她！直到她对他大吼，问他为什么总去看她！没有人会知道，每次看她的时候他心里是充满了怎样的矛盾和自责！每次都会用力掐自己，直到手臂掐出淤青……

帖子下面有好多留言。

有和他一样痛不欲生的挣扎者，有心理医生的免费指导意见，有康复患者的心得，还有寻死后醒悟的开导者。

只是他不会想到，会有一个叫苏小可的女生给他留言。

我看着屏幕，慢慢地在帖子下面写道："如果再有一次机会，我一定不那样做。对不起，林尚。"

再见，拜托小姐

骆 可

一

沈书悦除了长得漂亮，其他方面还真是个低能儿。赵文宣再一次帮她搞定卡壳的圆珠笔后，如此这般在心里暗想。

自从初三重新分班以来，他已经不止一次帮这个新同学修理过文具盒、转笔刀、圆规、发卡、快散架的笔记本……

同时，诸如这个抛物线到底应该怎么画？为什么这儿是并联而不是串联？这句话应该怎么翻译？这段话的中心思想是……这些问题也都是家常便饭。

当然，她还是很谦虚的。每次请求前都会说："拜托……"

拜托你帮我修一下自行车好吗？拜托你帮我看看这道题。拜托你把伞借给我。拜托你能不能放学后陪我一起跑步。

……一起跑步？

赵文宣过了很久才从一堆试卷里抬起头，看着从前排扭过头来的沈书悦。

以往沈书悦只要可怜兮兮地说拜托，赵文宣就会忍不住答应下来。可这次……

不是他不想帮她，而是他已经很久没有跑过步了。

他刚想摇头，沈书悦瞪着双美丽的大眼睛，期盼地望着他，说："拜托了好不好？"

"可是……"赵文宣还在挣扎。

"没有可是，真的拜托了！"沈书悦开始假装往外挤眼泪，悄声说："体育成绩是要纳入中考总成绩的。"

二

不管怎样，放学后赵文宣还是陪沈书悦跑起步来。没跑几步，沈书悦就在那儿喊："拜托你跑慢一点儿！"

跑慢一点儿？如果是以前，他可以跑得更快。赵文宣放慢了脚步，沈书悦才"屁滚尿流"地追上来。

别看她有一双又直又长的腿，可跑起步来……简直慢得像乌龟！赵文宣在脑海里自动脑补出一只乌龟在赛跑的画面。

沈书悦气喘吁吁地感叹道："原来，你也会笑啊！"

他竟然在笑吗？

他好像已经好久没有笑过了。在学校他要面对繁重的课业和老师们的特殊照顾，回到家里父母的脸上都是小心翼翼的谨慎，生怕触碰他敏感的神经。

可眼前这个总是拜托他各种事情，总有那么多男生打听她消息的女生，却让自己不由自主地笑了出来。

他开始关注起这个女生，这个漂亮却很谦卑的拜托小姐。

她想问题的时候喜欢转笔，她写字的时候喜欢把头偏成30°角，她被老师批评不求上进时脸上竟挂着浅浅的笑意，她跑步时由一只慢吞吞的乌龟变成了一只奋力追赶的乌龟……

沈书悦假装生气拧着眉说:"那不还是乌龟吗?"

赵文宣再一次被她的样子逗笑。彼时,他已经陪她跑了一个月零三天。在这一个月零三天里,有种温暖而欢乐的东西重新回到了他的身体里。

沈书悦看着他,说:"明天拜托你一件事。"

赵文宣以为又是帮她修钢笔、修凳腿之类的,谁知她眨了眨眼睛,说:"不过你得先答应我!"

哪有拜托别人事情,别人都不知道是什么,还得先答应的道理。可他还是点了点头。

三

如果知道是帮她拒绝别的男生,打死赵文宣他也不会同意的。

可是为时已晚。

隔壁班的男生固执地等在走廊里,等着沈书悦给个痛快话。她从前排转过头,可怜兮兮地拜托道:"拜托你去帮我告诉那个男生,我已经有喜欢的人了。"

赵文宣把头埋在一堆书本里,装失聪。谁知沈书悦突然抬高音量,"你昨天晚上明明答应过我的!"

瞬间,教室里打闹声、翻书声、吃零食声戛然而止。等在走廊里的男生,愤愤地看向沈书悦说:"原来这就是你拒绝我的理由!"

沈书悦去办公室送作业,开始有议论声不绝于耳。

"我听说她以前可是班里的长跑冠军!"

"就是,之前一直都是班里前三,到了初三成绩一下子糟成那样,连那些简单的公式都不会!肯定是装的!"

"该不会是喜欢赵文宣吧!"

"怎么可能？！像他现在这样……"有目光飘向赵文宣躲在桌子底下的左脚。

等到沈书悦回来时，教室已经恢复了之前的风平浪静，只有赵文宣将拳头越握越紧。

沈书悦再一次回头拜托他时，他突然烦躁地推开了她。

"这么简单的问题你都需要别人帮忙吗？！"那是他第一次冲她发火。

周围又响起窃窃私语声。沈书悦红着脸转了过去，赵文宣仿佛看到那双美丽的眼睛里写满了委屈、忧伤和失望。

从那以后，沈书悦安静了很多。

每天都安静地上课，安静地写作业，安静地背课文……看着她那安静的背影，赵文宣的心里难过极了。

如果不是那场意外，他不会让自己如此敏感。如果不是那场意外，也许他会大声地站起来说："沈书悦，我想和你做朋友！"

可这世界上哪有什么如果？

四

在赵文宣以为以后，以后的以后，她都不会再拜托自己时，沈书悦又笑嘻嘻地转过头来，说："拜托……"

拜托他什么呢？

是拜托他指导她已经背得滚瓜烂熟的英语课文？还是她熟练运用的数学公式？

赵文宣冷冷地看着她，说："拜托你不要再让我难堪了好不好？"

那是他第一次拜托她，也是最后一次。

从那以后，她再也没有转过来过。

很快一个学期就过去。

沈书悦的成绩一下子从班级的中下游，猛蹿到年级前几名。那些喜欢背后议论他人的女生用怜悯的眼神望着赵文宣，仿佛有种被自己言中般的沾沾自喜。

而作为交换生，她下学期会被学校保送去墨尔本，然后直升当地高中。

那是他过得最意兴阑珊的一个假期。

脑海里全是她各种拜托时的笑脸，可他有什么资格去阻止她展翅高飞？尤其，在他经历了那次意外以后……

沈书悦走的那天，赵文宣一个人在操场一圈又一圈奋力地跑着，手里捏着她留给他的信。

信封上写着一行字：拜托你读完它好吗？

"对不起，我并不想欺骗你，可还是伤害了你。我之所以那么做，只是想让你知道，一个有爱心的人不管变成什么样，都可以继续帮助别人，也比其他人更配得到喜爱！而我骗你去跑步，是因为医生说你的脚完全有康复的可能，拜托你不要放弃希望好不好？"

半年前的场景再次呼啸而来。

阳光，马路，少年。一场猝不及防的车祸，一条被救下的小狗，被车碾过的左脚，一个惊慌失措的女生。

那个女生，她有一个好听的名字，沈书悦。

夜色下，赵文宣对着远方的天空轻声说道："谢谢你，拜托小姐！只是这次，你可不可以跑慢一点儿？等我把那只折断的翅膀找回来，再去追赶你的脚步。"

彼时，低垂的天空下，有那么多星星眨啊眨的，像谁那双爱笑的眼睛。

我要以树的形象和你站在一起

一 鸣

一

我的父母在E城经营着一家店面不大的小酒馆，生意一度火爆，我还给它取了一个当时自认为很有文艺情怀的名字：时光E栈。小店在夏季会增加别的经营项目，比如我爱不释手的、我老爸用独家秘方亲手制成的脆皮甜筒就格外受到顾客们的青睐和追捧。所以每到暑假，我家小店就会出现明显的"用工荒"。

18岁的涂洋就是典型的廉价劳动力。

那天，他正在从一个三轮车上吃力地将一箱箱啤酒卸下，早晨的阳光温和地倾洒在他棱角分明的侧脸，不一会儿汗珠就悄然爬上他的脑袋，不知道为什么，我呆呆地看了两分钟，竟然有一种冲动，忍不住想要伸手替他擦汗。当然，这个动作最终还是被扼杀在意念里，因为我妈一个大嗓门就把我从梦境喊回了现实。

看着瘦瘦高高的涂洋由一个清秀白净的"小奶狗"变成一个黝黑粗糙的"打工仔"，我的心里有一万个声音在声讨我那"周扒皮"的双亲。可是，人微言轻的我也只能远远地叹息和心疼，偶尔威逼利诱年幼的弟弟悄悄给涂洋送上一杯绿豆冰。

时间久了，我觉得自己做的这些都太过幼稚，就连我弟弟那个十岁的小屁孩都说我这是自作多情。可我不知道该怎么表达，也许喜欢一个人就是远远地看着他，一个突如其来的眼神对视后彼此慌乱地躲开，仅仅是这样都会像在心里揣了一只活蹦乱跳的小兔子。那时候，我就只有一个愿望，希望时间无限拉长，那个高二的暑假永远不要结束，我的秘密永远封存在那个小酒馆。

二

可是，没过多久，我的平静生活就被一纸录取通知单打破。那天我正在柜台前收银，涂洋迅速地从后台跑出来，兴冲冲地从邮递员手中接过那个大大的信封。店里的顾客仿佛都很高兴，祝福的声音不绝于耳，只有我一个人仿佛定格在这热闹的画面之外，心一寸寸冰冷。

一个月后的一天晚上，涂洋站在柜台前，定定地看向我，我停下手中的动作，一脸茫然。这似乎是我第一次这么近距离地看着他，他被晒黑的脸还是那么好看，五官立体、眼眸清亮，哪怕只是一眼，就让我内心狂起波澜。

他是来找我辞工的。我父母那天正好去了外地，而他也定了第二天离开的车票，所以只好找我这个"少东家"。

那晚，他送我回家。我的手脚不知为什么似乎都不听使唤，双手使劲蹭着裙边，感觉怎么放都别扭。他似乎也很拘谨，一路上我们没说什么话。小城的夜晚很安静，刚下过雨的青石路面有些湿漉漉的，像极了我当时的心情。

天知道，我多么希望脚下的路再长一点，或者我们能够走得再慢一点。也许年少的喜欢，就是与他并肩走在路上，不时地趁他不注意，偷偷看他一眼，尽管天黑灯也昏暗，甚至看不清楚他的眉眼。

很快到了我家楼下，我们沉默着，又心照不宣地同时开口，然后我不好意思地转身，他红着脸挠头。最终，我还是祝福他考上了不错的大学。说完谢谢之后，他抬脚走出几步，忽然犹疑着回头，很郑重地说："辛娅，明年你也高考了，我可以在A城等你吗？"

我心跳如鼓。

他接着说："不过，你的数学不太好，要加油哦！"说完，握了握我的手，然后微笑着跑开了。

摊开被他温热的手掌，里面有张小纸条，展开，是一串电话号码。

三

高三，我拼尽全力，通宵达旦地往死里学。每当快要坚持不下去的时候，就会想起在遥远的A城，有一个那么优秀的男孩在等我，瞬间就恢复了"战斗力"。功夫不负有心人，我的学习成绩突飞猛进，父母和老师纷纷傻眼，脸上全部写着"这孩子怎么了"。

尽管很想念，无数次在脑海里勾勒他在A城的画面：在吃什么饭，在上什么课，是不是又变好看了。但是那个早就烂熟于心的电话号码始终没有拨出去过，我那时候总觉得自己不够好，没有资格打扰他。也不想让自己有后路，我害怕他一句温暖的安慰，就会让我在高考这场恶战中"丢盔卸甲"。我只有一个想法，就像舒婷在《致橡树》中说的那样：作为树的形象和你站在一起。

就在我奋力学习的时候，一场意外，将我十七年平静的生活全然打破。那年冬天，E城下起了罕见的小雪，我爸拿着好几张医院的化验单呆呆地站在小酒馆门前，我妈得了很严重的疾病，E城的医疗条件有限，他们不得不到省城甚至更遥远地方的大医院接受治疗。

由于疏于管理，酒馆的生意越来越惨淡。那年春节大年三十那天，我跟弟弟蹲在酒馆门口看着别的店面都打了烊，鞭炮声很快响彻了整个小城。我的父母拖着蹒跚的步履回到了E城，病痛的折磨让妈妈丧失了爽朗的大嗓门，这个坚强开朗的中年妇女一下子瘦了下去。爸爸勉强支撑着僵硬的笑容，安慰我们姐弟俩说没事，一切都会好起来的。

可是，我已经快要十八岁了，爸爸的话哄骗不了一个即将成年的人，我知道妈妈的病需要很长的治疗时间。他们商量着过完年就把小酒馆兑出去，我哭着说：让我来试试。

四

高考前的半年，我的大部分精力都用在了经营小酒馆，在父母的强烈坚持下我才勉强参加了高考。妈妈的身体状况终于暂时稳定下来，可我还是不放心，我也越来越离不开小酒馆，就在E城随便读了个本地大学。

每到周末，我就骑着电动摩托车从小城的大街小巷飞驰而过。穿过湿润的青石板道，偶尔会有一刹那的心痛，但是这种感觉很快一闪而过。往事随风，我以为有些事有些人该忘总是要忘记的。

时光匆匆，大学四年一闪而过，酒馆又恢复了往日的热闹。每年暑假，总会有很多大学生模样的人光顾，站在柜台结账的时候，我总是恍惚想起他，但也只是想想罢了，即便他是永远烙在我心口的朱砂，那也只能是岁月里一个深深的印记罢了，不可能复活。

可是，当他就那么突兀地站在小酒馆的门前，来不及放下大大的背包，看着我满脸堆笑时，我之前所有的假设都统统不成立了。我机械地被他牵出了柜台，然后，他就伸出双臂拥抱了我。

我在他的怀抱里哭了很久很久。

他低下头，一边替我擦掉眼泪一边说："傻丫头，你不应该一个人承受。还有，你玩消失的拒绝方式有点儿太拙劣，现在罚你说喜欢我。"

五

涂洋正在攻读本校的研究生，还有两年毕业。他说，如果我愿意去A城，他就在那里等我，如果不愿意，他就回来陪着我。而这次，我看着他的眼睛，很认真地说，等着我。

阳光透过叶片的缝隙悄然洒在涂洋的侧脸，我踮起脚为他擦去额头的汗。这种幸福我想了整整五年。不知道，会不会永远拥有？